ZouJin
TangShi
YongWu

走／进／唐／诗

上海辞书出版社
文学鉴赏辞典编纂中心 编

咏物

上海辞书出版社

编者小识

　　自中国古典诗歌两大起源《诗经》《楚辞》起,咏物就是一个传承有自的主题。咏物诗这个题材大多是妙用比兴、寓意深长,寄托了诗人对于世事、身世、境遇、社会现象等等的感慨和议论,名为咏物,实为抒怀。"感时花溅泪,恨别鸟惊心",自然界的花鸟虫鱼,往往会令诗人诗兴大发,留下众多传唱千古的咏物名篇。

　　在唐朝诗人的笔下,我们能领略到唐代丰富多彩、风格多样的物候风貌。无论是芬芳四溢的鲜花香草、绿意盎然的青松翠柳,抑或是千里归来的大雁、漂荡流转无处栖身的流莺,都被诗人赋予了生动传神、含蕴深远的个性面貌。我们可以见到他们吟咏生活中常见的花草树木、飞鸟走兽,甚至还有风霜雪月,极个别的诗人还会借乐器等来吐露对世事人情的看法和评论,可见咏物诗实则都是诗人以咏物为名,行抒怀之实。

　　《走进唐诗·咏物》为上海辞书出版社文学鉴赏辞典编纂中心策划编辑的"走进唐诗"系列丛书之一,辑录精选了唐代40余位诗人关于咏物题材的诗作80余篇,加以简约精当的注释,由周汝昌、周振甫、沈祖棻等名家领衔,引领大家鉴赏品读。许多名篇读来深切感人,意味隽永,感同身受。唐朝诗人们托物寓意,体物缘情,浑然一体,摹写入微,手法高妙,创造了一个又一个经典而奇妙的艺术形象。同样是咏蝉,虞世南、骆宾王、李商隐都以蝉寄意抒怀,沉郁深婉,却能读出各自不同的味道。同样是孤雁,杜甫笔下则是奋起振翅、激情豪迈,而在钱起笔下则是孤独凄凉、郁结忧闷。

　　"寄托"是咏物的实质,希望广大古典文学爱好者在品鉴完我们精选的这80余篇咏物诗作后,能领略到唐代咏物诗的别样风景,对唐人的日常生活与细腻诗情能有更进一步的体味和了解,从而更加喜欢阅读唐诗,从而走进唐诗,走进唐人热烈而又丰富的情感世界。

上海辞书出版社文学鉴赏辞典编纂中心

2022 年 10 月

目录

诗 / 人 / 小 / 传

▶▶ **虞世南**(558—638) 字伯施,越州余姚鸣鹤(今属浙江慈溪)人。官至秘书监,封永兴县子,人称"虞永兴"。能文辞,工书法。编有《北堂书钞》一百六十卷。《全唐诗》存其诗一卷。

蝉

虞世南

垂绥饮清露,流响出疏桐。

居高声自远,非是藉秋风。

这首托物寓意的小诗,是唐人咏蝉诗中年代最早的一首,很为后世人称道。

首句"垂绥饮清露","绥"是古人结在颔下的帽带下垂部分,蝉的头部有伸出的触须,形状好像下垂的冠缨,故说"垂绥"。古人认为蝉生性高洁,栖高饮露,故说"饮清露"。这一句表面上是写蝉的形状与食性,实际上处处含比兴象征。"垂绥"暗示显宦身分(古代常以"冠缨"指代贵宦)。这显贵的身份地位在一般人心目中,是和"清"有矛盾甚至不相容的,但在作者笔下,却把它们统一在"垂绥饮清露"的形象中了。

次句"流响出疏桐"写蝉声之远传。梧桐是高树,着一"疏"字,更见其枝干的高挺清拔。"流响",状蝉声的长鸣不已,悦耳动听,着一"出"字,把蝉声传送的意态形象化了,仿佛使人感受到蝉声的响度与

1

力度。这一句虽只写声,但读者从中却可想见人格化了的蝉那种清华隽朗的高标逸韵。

"居高声自远,非是藉秋风",这是全篇比兴寄托的点睛之笔。蝉声远传,一般人往往以为是藉助于秋风的传送,诗人却别有会心,强调这是由于"居高"而自能致远。这种独特的感受蕴含一个真理:立身品格高洁的人,并不需要某种外在的凭藉(例如权势地位、有力者的帮助等),自能声名远播。这里所突出强调的是人格的美,人格的力量。两句中的"自"字、"非"字,一正一反,相互呼应,表达出对人的内在品格的热情赞美和高度自信,表现出一种雍容不迫的风度气韵。唐太宗曾经屡次称赏虞世南的"五绝"(德行、忠直、博学、文词、书翰),诗人笔下的人格化的"蝉",可能带有自况的意味吧。

清施补华《岘佣说诗》云:"三百篇比兴为多,唐人犹得此意。同一咏蝉,虞世南'居高声自远,端不藉秋风',是清华人语;骆宾王'露重飞难进,风多响易沉',是患难人语;李商隐'本以高难饱,徒劳恨费声',是牢骚人语。比兴不同如此。"这三首诗都是唐代托咏蝉以寄意的名作,由于作者地位、遭际、气质的不同,虽同样工于比兴寄托,却呈现出殊异的面貌,构成富有个性特征的艺术形象,成为唐代文坛"咏蝉"诗的三绝。

(刘学锴)

▶▶ **骆宾王**(约638—?)　婺州义乌(今属浙江)人。曾任临海丞。后随徐敬业起兵反对武则天,作《代李敬业传檄天下文》,兵败后下落不明,或说被杀,或说为僧。与王勃等以诗文齐名,为"初唐四杰"之一。有《骆宾王文集》。

咏　蝉

骆宾王

西陆①蝉声唱,南冠②客思深。

不堪玄鬓③影,来对白头吟。

露重飞难进,　风多响易沉。

无人信高洁,　谁为表予心?

---

① 西陆:指秋天。《隋书·天文志》:"日循黄道东行……行西陆谓之秋。"

② 南冠:指囚徒。《左传·成公九年》:"晋侯观于军府,见钟仪,问之曰:'南冠而絷者谁也?'有司对曰:'郑人所献楚囚也。'"

③ 玄鬓:指蝉。

赏析

　　这首诗作于高宗仪凤三年(678)。当时骆宾王任侍御史,因上疏论事触忤武后,遭诬,以贪赃罪名下狱。

　　起二句在句法上用对偶句,在作法上则用起兴的手法,以蝉声来逗起客思。三、四两句,一句说蝉,一句说自己,用"不堪"和"来对"构成流水对,把物我联系在一起。诗人大好的青春已经消逝,在狱中看到这高唱的秋蝉,两两对照,不禁自伤老大。诗人运用比兴的方法,把

3

这份凄恻的感情，委婉曲折地表达了出来。同时，白头吟又是乐府曲名。相传西汉时司马相如对卓文君爱情不专后，卓文君作《白头吟》以自伤。诗人巧妙地运用了这一典故，进一步比喻执政者辜负了诗人对国家一片忠爱之忱。

接下来五、六两句，纯用"比"体。两句中无一字不在说蝉，也无一字不在说自己。"露重""风多"比喻环境的压力，"飞难进"比喻政治上的不得意，"响易沉"比喻言论上的受压制。蝉如此，我也如此，物我在这里打成一片，融浑而不可分了。咏物诗写到如此境界，才算是"寄托遥深"。

诗人在写这首诗时，由于感情充沛，功力深至，故虽在将近结束之时，还是力有余劲。第七句再接再厉，仍用比体。秋蝉高居树上，餐风饮露，有谁相信它不食人间烟火呢？这句诗人自喻高洁的品性，不为时人所了解，相反还被诬陷入狱，"无人信高洁"之语，也是对坐赃的辩白。末句用问句的方式，蝉与诗人又浑然一体了。

这首诗作于患难之中，感情充沛，取譬明切，用典自然，语多双关，于咏物中寄情寓兴，由物到人，由人及物，达到了物我一体的境界，是咏物诗中的名作。

（沈熙乾）

▶▶ **王勃**(约650—676) 字子安,绛州龙门(今山西河津)人。曾任虢州参军。后往交州探父,因溺水,受惊而死。少时即显露才华。与杨炯、卢照邻、骆宾王以文辞齐名,并称"初唐四杰"。他和卢照邻等皆企图改变当时"争构纤微,竞为雕刻"的诗风。其诗偏于描写个人生活,亦有少数抒发政治感慨、隐寓对豪门世族不满之作,风格较为清新。但有些诗篇仍流于华艳。原有集,已散佚,明人辑有《王子安集》。

咏 风

王 勃

肃肃凉风生,加我林壑清。

驱烟寻涧户,卷雾出山楹。

去来固无迹,动息如有情。

日落山水静,为君起松声。

赏析

　　战国楚宋玉的《风赋》云:"夫风者,天地之气,溥畅而至,不择贵贱高下而加焉。"本篇所咏的"凉风",正具有这种平等普济的美德。炎热未消的初秋,一阵清风袭来,给人以快意和凉爽。你看那"肃肃"的凉风吹来了,顿时吹散浊热,使林壑清爽起来。它很快吹遍林壑,驱散涧上的烟云,使我寻到涧底的人家,卷走山上的雾霭,现出山间的房屋。当日落西山、万籁俱寂的时候,她又不辞辛劳地吹响松涛,奏起大自然的雄浑乐曲,给人以欢娱。

　　诗人以风喻人,托物言志,着意赞美风的高尚品格和勤奋精神。

以风况人，有为之士不正当如此吗？诗人少有才华，而壮志难酬，他借风咏怀，寄托他的"青云之志"。

此诗的着眼点在"有情"二字。通过这种拟人化的艺术手法，把风的形象刻画得栩栩如生。风吹烟雾，风卷松涛，本来都是自然现象，但诗人用了"驱""卷""寻""出""为君"等字眼，就把这些自然现象写成了有意识的活动。她神通广大，犹如精灵般地出入山涧，驱烟卷雾，送来清爽，并吹动万山松涛，为人奏起美妙的乐章。在诗人笔下，风的形象被刻画得惟妙惟肖了。

（阎昭典）

▶▶ 郭震(656—713) 字元振，魏州贵乡(今河北大名)人。咸亨进士。大足元年(701)任凉州都督、陇右诸军州大使。神龙中迁安西大都护。先天元年(712)任朔方军大总管。次年因事流新州，旋又起为饶州司马，病死途中。《全唐诗》存其诗一卷。

古 剑 篇

郭 震

君不见昆吾①铁冶飞炎烟，红光紫气俱赫然。

良工锻炼凡几年，铸得宝剑名龙泉。

龙泉颜色如霜雪，良工咨嗟叹奇绝。

琉璃玉匣②吐莲花，错镂金环映明月。

正逢天下无风尘③，幸得周防君子身。

精光黯黯青蛇色，文章④片片绿龟鳞。

非直结交游侠子，亦曾亲近英雄人。

何言中路遭弃捐，零落飘沦古狱边。

虽复沉埋无所用，犹能夜夜气冲天。

---

① 昆吾：传说中的山名。相传山有积石，冶炼成铁，铸出宝剑光如水精，削玉如泥。
② 琉璃玉匣：晋葛洪《西京杂记》载，汉高祖斩白蛇，剑以五色琉璃为匣。
③ 风尘：指战争。
④ 文章：指剑上花纹。

赏析

这是一首咏物言志诗。相传是郭震受武则天召见时写的，从此，这首诗广传于世。

"古剑"是指古代著名的龙泉宝剑。据传是吴国干将和越国欧冶子二人，用昆吾所产精矿冶炼多年而铸成，后来沦落埋没，直到晋朝宰相张华夜观天象，发现有紫气上冲于天，这才重新被发掘出来。这首诗就是化用上述传说，借歌咏龙泉剑以寄托自己的理想和抱负，抒发不遇的感慨。

诗人用古代造就的宝剑比喻当时沦没的人才，贴切而易晓。作者托物言志，理直气壮地表明：人才早已造就、存在并起过作用，可惜被埋没了，必须正视这一现实；应当珍惜、辨识、发现人才，把埋没的人才挖掘出来。不难理解，在封建社会，面对至高至尊的皇帝陛下，敢于写出这样寓意显豁、思想尖锐的诗歌，其见识、胆略、豪气是可贵可敬的。

《古剑篇》的艺术特点，其突出处恰在气势和风格。由于这诗是借咏剑以发议论，吐不平，因而求鲜明，任奔放，不求技巧，不受拘束。诗人所注重的是比喻贴切，意思显豁，主题明确。诗中虽然化用传说，不乏想象，颇有夸张，富于浪漫色彩。例如赞美宝剑冶炼，称道宝剑品格，形容宝剑埋没等，都有想象和夸张。但是，笔触所到，议论即见，形象鲜明，思想犀利，感情奔放，气势充沛，往往从剑中见人，达到见人而略剑的艺术效果。实际上，这首诗在艺术上的成就，主要不在形式技巧，而在丰满地表现出诗人的形象，体现为一种典型，一种精神，因而能打动人。

（倪其心）

▶ **陈子昂**（659—700） 字伯玉，梓州射洪（今属四川）人。少任侠。文明进士，以上书论政，为武则天所赞赏，拜麟台正字，转右拾遗。敢于陈述时弊。曾随武攸宜击契丹。后解职回乡，为县令段简诬，入狱，忧愤而死。于诗标举汉魏风骨，强调兴寄，反对柔靡之风，是唐代诗歌革新的先驱。有《陈伯玉集》。

感遇三十八首（其二）

陈子昂

兰若生春夏，芊蔚何青青！

幽独空林色，朱蕤冒紫茎。

迟迟白日晚，嫋嫋秋风生。

岁华尽摇落，芳意竟何成！

这首五言诗通篇咏香兰杜若。兰若之美，固然在其花色的秀丽，但好花还须绿叶扶。所以作品首先从兰若的枝叶上着笔，选用了"芊蔚"与"青青"两个词来形容花叶的茂盛，中间贯一"何"字，充满赞赏之情。

如果说"芊蔚何青青"是用以衬托花色之美的话，那么"朱蕤冒紫茎"则是由茎及花，从正面刻画了。全句的意思是：朱红色的花下垂，覆盖着紫色的茎，不但画出了兰若的风姿，而且突出了它花簇纷披的情态。

"幽独空林色",诗人赞美兰若秀色超群,以群花的失色来反衬兰若的卓然风姿。其中对比和反衬手法的结合运用,大大增强了艺术效果。特下"幽独"二字,可见诗中孤芳自赏的命意。

诗的前四句赞美兰若风采的秀丽,后四句转而感叹其芳华的零落。"迟迟"二字即写出了由夏入秋、白天渐短的特点。用"嫋嫋"来形容秋风乍起、寒而不冽,形象十分传神。

《感遇》是陈子昂所写的以感慨身世及时政为主旨的组诗,共三十八首,本篇为其中的第二首。诗中以兰若自比,寄托了个人的身世之感。

此诗全用比兴手法,诗的前半着力赞美兰若压倒群芳的风姿,实则是以其"幽独空林色"比喻自己出众的才华。后半以"白日晚""秋风生"写芳华逝去,寒光威迫,充满美人迟暮之感。"岁华""芳意"用语双关,借花草之凋零,悲叹自己的年华流逝,理想破灭,寓意凄婉,寄慨遥深。从形式上看,这首诗颇像五律,而实际上却是一首五言古诗。它以效古为革新,继承了三国魏阮籍《咏怀》的传统手法,托物感怀,寄意深远。和初唐诗坛上那些"采丽竞繁"、吟风弄月之作相比,它显得格外充实而清新,正像芬芳的兰若,散发出诱人的清香。

(阎昭典)

感遇三十八首(其二十三)

陈子昂

翡翠巢南海, 雄雌珠树①林。

何知美人意，骄爱比黄金？

杀身炎洲里，委羽玉堂阴，

旖旎②光首饰，葳蕤③烂锦衾。

岂不在遐远？虞罗忽见寻。

多材信为累，叹息此珍禽。

---

① 珠树：即三珠树，古代传说中的树名。《山海经·海外南经》："三珠树在厌火北，生赤水上。其为树如柏，叶皆为珠。"

② 旖旎(yǐ nǐ)：本为旌旗随风飘扬貌，引申为柔美貌，犹言婀娜。

③ 葳蕤(wēi ruí)：草木茂盛枝叶下垂貌。

赏析

这是一首寓言诗。全诗双关到底，句句是说鸟，也句句是写人。

诗一开始就突出了诗的主角——羽毛赤青相杂的翡翠鸟。这种鸟生在南方，筑巢在神话中名贵的三珠树上，犹如诗人的品格高超，不同流俗。这鸟本来自由自在，雌雄双飞，不幸为美人所喜爱。翡翠鸟为什么会被美人喜爱呢？由于它的羽毛长得漂亮，既可以使美人的首饰临风招展，婀娜生光，又可以使美人的锦被结彩垂花，斑斓增艳。这两句比喻诗人的才华文采，被统治者用来点缀升平，增饰"治绩"。所以作为鸟，就不免被杀，而将它的毛羽呈送到玉堂深处，妆点在美人的头上与床上；作为人，就不免为统治者所强迫，名列朝班，丧失了在政治上抉择的自由。这里比喻诗人虽想隐遁，但还是难逃统治者的笼络。不论是鸟是人，总是自己有了才华，反为才华所累。叹鸟即所以叹人，亦即诗人的自叹。

故事结束之后，最末第二句"多材信为累"，才把作者的正意点出。

一经点明，立即收住，这正是寓言的手法。这一寓言情节简单，但诗人叙述时却没有平铺直叙。开首二句叙述翡翠鸟的安乐生活，三、四句以问句作一转折，五、六句马上把首二句的和平愉快气氛打破，落入了残酷的结局，采用对比的手法，为下文的"叹息"伏根。七、八两句，表面写得很繁华热闹，但美人头上、床上的"旖旎""葳蕤"，是牺牲了小鸟的生命换来的，热闹繁华的背后，正是凄冷悲惨。第九句用"岂不在遐远？虞罗忽见寻"自问自答，又是一个转折，然后落出正意："多材信为累"，而以"叹息"作为结束，用"珍禽"两个代用词，反应起笔的"翡翠"。"多材信为累"这一句，已由鸟说到人，平庸的写法，接下去可以发挥一下，而诗人却马上收住，一笔扬开，仍归之于鸟。短短十二句诗，艺术结构上却这样地起伏不平，大有尺幅千里之势。

　　这首诗内在的怨伤情绪是很浓重的，但在表现的方式上，却采用了缓和的口气，"温柔敦厚"，"哀而不伤"，自是五言古诗的正声。

（沈熙乾）

诗 / 人 / 小 / 传

▶▶ **贺知章**(659—约744) 字季真,自号四明狂客,越州永兴(今浙江杭州市萧山区西)人。武周证圣进士,官至秘书监。后还乡为道士。好饮酒,与李白友善。"吴中四士"之一。诗多祭神乐章和应制之作;写景抒情之作,较清新通俗。《全唐诗》存其诗一卷。

咏　柳

贺知章

碧玉妆成一树高,万条垂下绿丝绦。

不知细叶谁裁出,二月春风似剪刀。

这是一首咏物诗,写的是早春二月的杨柳。

写杨柳,该从哪儿着笔呢?毫无疑问,它的形象美是在于那曼长披拂的枝条。一年一度,它长出了嫩绿的新叶,丝丝下垂,在春风吹拂中,有着一种迷人的意态。古典诗词中,借用这种形象美来形容、比拟美人苗条的身段、婀娜的腰肢,也是我们所经常看到的。这诗别出新意,翻转过来。"碧玉妆成一树高",一开始,杨柳就化身为美人而出现;"万条垂下绿丝绦",这千条万缕的垂丝,也随之而变成了她的裙带。上句的"高"字,衬托出美人婷婷袅袅的风姿;下句的"垂"字,暗示出纤腰在风中款摆。诗中没有"杨柳"和"腰肢"字样,然而这早春的垂柳以及柳树化身的美人,却给写活了。

"碧玉妆成"引出了"绿丝绦","绿丝绦"引出了"谁裁出",最后,那视之无形的不可捉摸的"春风",也被用"似剪刀"形象化地描绘了出来。这"剪刀"裁制出嫩绿鲜红的花花草草,给大地换上了新妆,它正是自然活力的象征,是春给予人们美的启示。从"碧玉妆成"到"剪刀",我们可以看出诗人一系列艺术构思的过程。诗歌里所出现的一连串的形象,是一环紧扣一环的。

也许有人会怀疑:我国古代有不少著名的美女,柳,为什么单单要用碧玉来比呢? 这有两层意思:一是碧玉这名字和柳的颜色有关,"碧"和下句的"绿"是互相生发、互为补充的;二是碧玉这个人在人们头脑中永远留下年轻的印象。碧玉在古代文学作品里,几乎成了年轻貌美的女子的泛称。用碧玉来比柳,人们就会想象到这美人还未到丰容盛鬋的年华;这柳也还是早春稚柳,没有到密叶藏鸦的时候;和下文的"细叶""二月春风"又是有联系的。

(马茂元)

▶ **张九龄**（678—740）　一名博物，字子寿，韶州曲江（今广东韶关西南）人。长安进士，累官至中书侍郎、同中书门下平章事。开元二十四年（736）为李林甫所谮，罢相。其《感遇诗》以格调刚健著称。有《曲江集》。

感 遇 十 二 首（其一）

张九龄

兰叶春葳蕤，桂华秋皎洁。

欣欣此生意，自尔为佳节。

谁知林栖者，闻风坐相悦。

草木有本心，何求美人折？

　　张九龄遭谗贬谪后所作的《感遇》诗十二首，朴素遒劲，寄慨遥深。此为第一首，诗以比兴手法，抒发了诗人孤芳自赏、不求人知的情感。

　　诗一开始，用整齐的偶句，突出了两种高雅的植物——春兰与秋桂。兰桂对举，兰举其叶，桂举其花，其实是各各兼包花叶，概指全株。兰用"葳蕤"来形容，茂盛而纷披，点出兰草迎春勃发，具有无限的生机；桂用"皎洁"来形容，桂叶深绿，桂花嫩黄，相映之下，自然有皎明洁净的感觉。

　　第四句"佳节"回应起笔两句中的春、秋，说明兰桂都各自在适当

15

的季节而显示它们或葳蕤或皎洁的生命特点。一个"自"字,不但指兰桂各自适应佳节的特性,而且还表明了兰桂各自荣而不媚,不求人知的品质,替下文的"草木有本心,何求美人折"作了伏笔。

最后二句:"草木有本心,何求美人折?""何求"又作一转折。林栖者既然闻风相悦,那么,兰桂若有知觉,应该很乐意接受美人折花欣赏了。然而诗却不顺此理而下,而是又忽开新意。兰逢春而葳蕤,桂遇秋而皎洁,这是它们的本性,而并非为了博得美人的折取欣赏。很清楚,诗人以此来比喻贤人君子的洁身自好,进德修业,也只是尽他作为一个人的本分,而并非借此来博得外界的称誉、提拔,以求富贵利达。全诗的主旨,到此方才点明;而文章脉络也一贯到底。

张九龄在寥寥短章中,狮子搏兔,起承转合,结构严谨。而且做到了意尽词尽,无一字落空。表现形式上,运用了比兴手法,词意和平温雅,不激不昂,使读者毫不觉得在咏物的背后,讲着高雅的生活哲理。

(沈熙乾)

感 遇 十 二 首(其四)

张九龄

孤鸿海上来,池潢不敢顾。

侧见双翠鸟,巢在三珠树。

矫矫珍木巅,得无金丸惧?

美服患人指，高明逼神恶。

今我游冥冥，弋者何所慕！

赏析

　　这是一首寓言诗，大约是唐玄宗开元二十四年（736），诗人被贬为荆州刺史时所写。诗中以孤鸿自喻，以双翠鸟喻其政敌李林甫、牛仙客，说明一种哲理，同时也隐寓自己的身世之感。两年后诗人就去世了，这首诗该是他晚年心境的吐露。

　　诗一开始就将孤鸿与大海对比。海愈见其大，雁愈见其小，相形之下，更突出了它的孤单寥落。可见"孤鸿海上来"并非平淡写来，其中渗透了诗人的情感。第二句"池潢不敢顾"，突然一折，为下文开出局面。象征诗人在人海中由于经历风浪太多，而格外有所警惕，同时也反衬出下文的双翠鸟，恍如燕巢幕上自以为安乐，而不知烈火就将焚烧到它们。

　　而且，这一只孤鸿连双翠鸟也不敢正面去看一眼呢！"侧见"两字显出李林甫、牛仙客的气焰熏天，不可一世。他们窃据高位，就像一对身披翠色羽毛的翠鸟，高高营巢在神话中所说的珍贵的三珠树上。"矫矫珍木巅，得无金丸惧"这两句，诗人假托孤鸿的嘴，以温厚的口气，对他的政敌提出了诚恳的劝告。然后很自然地以"美服患人指，高明逼神恶"这两句，点出了全诗的主题思想，忠告他的政敌：才华和锋芒的外露，就怕别人将以你为猎取的对象；窃据高明的地位，就怕别人不能容忍而对你厌恶。

　　忠告双翠鸟的话，一共四句，前两句代它们担忧，后两句正面提出他那个时代的处世真谛。然则，孤鸿自己将采取怎样的态度呢？它既不重返海面，也不留连池潢，它将没入于苍茫无际的太空之中。全诗就在苍茫幽渺的情调中结束。

这首诗劲炼质朴，寄托遥深。它借物喻人，而处处意存双关，分不出物和人来，而且语含说理和劝诫，颇得诗人敦厚之旨。

（沈熙乾）

感遇十二首（其七）

张九龄

江南有丹橘，经冬犹绿林。

岂伊地气暖，自有岁寒心。

可以荐嘉客，奈何阻重深！

运命惟所遇，循环不可寻。

徒言树桃李，此木岂无阴？

读着张九龄这首歌颂丹橘的诗，很容易想到屈原的《橘颂》。屈原生于南国，橘树也生于南国，张九龄也是南方人，而他的谪居地荆州的治所江陵（即楚国的郢都），是著名的产橘区。这首诗一开头就说："江南有丹橘，经冬犹绿林"。其托物喻志之意，尤其明显。在南国，一到深秋,一般树木也难免摇落,又哪能经得住严冬的摧残?而丹橘呢,却"经冬犹绿林"。一个"犹"字,充满了赞颂之意。

丹橘经冬犹绿,究竟是由于独得地利呢?还是出乎本性?如果是地利使然,也就不值得赞颂。所以诗人发问道:难道是由于"地气暖"的缘故吗?先以反诘语一"纵",又以肯定语"自有岁寒心"一"收",跌宕生姿,富有波澜。张九龄特地要赞美丹橘和松柏一样具有耐寒的节操,是含有深意的。

"经冬犹绿林",不以岁寒而变节,已值得赞颂;结出累累硕果,只求贡献于人,更显出品德的高尚。按说,这样的嘉树佳果是应该荐之于嘉宾的,然而却为重山深水所阻隔,为之奈何!

丹橘的命运、遭遇,在心中久久萦回,诗人思绪难平,想到了:"运命惟所遇,循环不可寻。"这两句诗感情很复杂,看似无可奈何的自遣之词,又似有难言的隐衷,委婉深沉。最后诗人以反诘语气收束全诗:"徒言树桃李,此木岂无阴?"——人家只忙于栽培那些桃树和李树,硬是不要橘树,难道橘树不能遮阴,没有用处吗?在前面,已写了它有"经冬犹绿林"的美荫,又有"可以荐嘉客"的佳实,而"所遇"如此,这到底为什么?

这首诗平淡而浑成,短短的篇章中,时时用发问的句子,具有正反起伏之势,而诗的语气却是温雅醇厚,愤怒也罢,哀伤也罢,总不着痕迹,不露圭角,达到了炉火纯青的地步。

(霍松林)

归 燕 诗

张九龄

海燕虽微眇,乘春亦暂来。

岂知泥滓贱,只见玉堂开。

绣户时双入,华堂日几回。

无心与物竞,鹰隼莫相猜。

这是一首咏物诗。所咏的是将要归去的燕子,却并没有工细地描绘燕子的体态和风神,而是叙述和议论多于精工细雕的刻画,如不解其寄托的深意,便觉质木无文。然而,它确是一首妙用比兴、寓意深长的咏物诗。

作者是唐玄宗开元年间的名相,以直言敢谏著称。由于李林甫等人毁谤,玄宗渐渐疏远张九龄。开元二十四年(736),张被罢相,《归燕诗》大约写于这年秋天。

诗从海燕"微眇"写起,隐寓诗人自己出身微贱,是从民间来的,不像李林甫那样出身华贵。"乘春亦暂来"句,表明自己在圣明的时代暂时来朝廷做官,如燕子春来秋去,是不会久留的。中间四句,以燕子不知"泥滓"之贱,只见"玉堂"开着,便一日数次出入其间,衔泥作窠,来隐寓自己在朝廷为相,日夜辛劳,惨淡经营。"绣户""华堂""玉堂"，都是隐喻朝廷。末句是告诫李林甫：我无心与你争权夺利，你不必猜忌、中伤我，我要退隐了。当时大权已经落在李林甫手中，张九龄自知不可能有所作为，他不得不退让，实则并非没有牢骚和感慨。刘禹锡《吊张曲江序》说张九龄被贬之后，"有拘囚之思，托讽禽鸟，寄词草树，郁郁然与骚人同风"。这是知人之言。用这段话来评《归燕诗》同样是适合的，《归燕诗》就是"托讽禽鸟"之作。

这首律诗对仗工整，语言朴素，风格清淡，如"轻缣素练"（张说评张九龄语）一般。它名为咏物，实乃抒怀，既写燕，又写人，句句不离燕子，却又是张九龄的自我写照。作者的艺术匠心，主要就表现在他选择了最能摹写自己的形象的外物——燕子。句句诗不离燕子，但又不黏于燕子，达到不即不离的艺术境界。

（刘文忠）

▶▶ 李颀（？—约753） 望出赵郡（治今河北赵县），家居河南颍阳（今河南登封西）。开元进士，曾任新乡县尉。所作边塞诗，风格豪放，七言歌行尤具特色。寄赠友人之作，刻画人物形貌神情颇为生动。有《李颀集》。

走进唐诗
咏物

听安万善吹觱篥歌

李　颀

南山截竹为觱篥①，　此乐本自龟兹②出。

流传汉地曲转奇，　凉州胡人为我吹。

旁邻闻者多叹息，　远客思乡皆泪垂。

世人解听不解赏，　长飙风中自来往。

枯桑老柏寒飕飗，　九雏鸣凤乱啾啾。

龙吟虎啸一时发，　万籁百泉相与秋。

忽然更作《渔阳掺》，黄云萧条白日暗。

变调如闻《杨柳》春，上林繁花照眼新。

岁夜高堂列明烛，　美酒一杯声一曲。

---

① 觱篥（bì lì）：亦作"筚篥""悲篥"，又名"笳管"。簧管古乐器，今已失传。以竹为主，上开八孔（前七后一），管口插有芦制的哨子。

② 龟兹（qiū cí）：古西域城国名，在今新疆库车县一带。

李颀有三首涉及音乐的诗。这一首写觱篥，以赏音为全诗筋脊，正面着墨。这首诗的转韵尤为巧妙,一共只有十八句,依诗情发展,变换了七个不同的韵脚,声韵意境,相得益彰。

"南山截竹为觱篥",先点出乐器的原材料;"此乐本自龟兹出",说明乐器的出处。两句从来源写起,用笔质朴无华,选用入声韵。这是李颀的特点,写音乐的诗,总是以板鼓开场。接下来写觱篥的流传、吹奏者及其音乐效果。"流传汉地曲转奇,凉州胡人(指安万善)为我吹。旁邻闻者多叹息,远客思乡皆泪垂",写出乐曲美妙动听,有很强的感染力量,人们都被深深地感动了。下文忽然提高音节,用高而沉的上声韵一转,说人们只懂得一般地听听而不能欣赏乐声的美妙,以致安万善所奏觱篥仍然不免寥落之感,独来独往于暴风之中。行文至此,忽然咽住不说下去,而转入流利的十一尤韵描摹觱篥的各种声音了。觱篥之声,有的如寒风吹树,飕飗作声;有的如凤生九子,各发雏音;有的如龙吟,有的如虎啸;有的还如百道飞泉,和秋天的各种声响交织在一起。四句正面描摹变化多端的觱篥之声。接下来仍以生动形象的比拟来写变调。先一变沉着,后一变热闹。沉着的以《渔阳掺》鼓来相比,恍如沙尘满天,云黄日暗;热闹的以《杨柳枝》曲来相比,恍如春日皇家的上林苑中,百花齐放。接着,诗人忽然从声音的陶醉之中,回到了现实世界。杨柳繁花是青春景象,而现在是什么季节呢?"岁夜"点出这时正是除夕,于是诗人产生了"浮生若梦,为欢几何"的想法。"美酒一杯声一曲",写出诗人对音乐的喜爱,与上文伏笔"世人解听不解赏"一句呼应,显出诗人与"世人"的不同,于是安万善就不必有长飙风中踽踽凉凉自来往的感慨了。

这首诗与诗人其他两首写音乐的诗最大的不同,除了转韵频繁以外,主要的还是在末两句诗人动了感情。琴歌中诗人只是淡淡地指出了别人的云山千里,奉使清淮,自己并未动情;胡笳歌中诗人也只是劝房给事脱略功名,并未触及自己。这一首却不同了。时间是除夕,堂上是明烛高烧,诗人是在守岁,一年将尽夜,哪有不起韶光易逝、岁月蹉跎之感!在这样的情况之下,作何排遣呢?"美酒一杯声一曲",正是"对此茫茫,不觉百感交集"之际,无可奈何之一法。这一意境是前二首中所没有的,诗人只用十四个字在最后略略一提,随即放下,其用意之隐曲,用笔之含茹,也是前两首中所没有的。

(沈熙乾)

▶▶ 祖咏（699？—746？）　洛阳（今属河南）人，后迁居汝水以北。开元进士，与王维、储光羲友善，其诗善状景绘物，多表现隐逸生活。明人辑有《祖咏集》。

终 南 望 余 雪

祖　咏

终南阴岭秀，积雪浮云端。

林表明霁色，城中增暮寒。

赏析

据《唐诗纪事》卷二十记载，这首诗是祖咏在长安应试时作的。按照规定，应该作成一首六韵十二句的五言排律，但他只写了这四句就交卷。有人问他为什么，他说："意思已经完满了。"这真是无话即短，不必画蛇添足。

题意是望终南余雪。从长安城中遥望终南山，所见的自然是它的"阴岭"（山北叫"阴"）；而且，惟其"阴"，才有"余雪"。"积雪浮云端"，就是"终南阴岭秀"的具体内容。这是说：终南山的阴岭高出云端，积雪未化。云，总是流动的；而高出云端的积雪又在阳光照耀下寒光闪闪，不正给人以"浮"的感觉吗？"林表明霁色"中的"霁色"，指的就是雨雪初晴时的阳光给"林表"涂上的色彩。

作者写的是从长安遥望终南余雪的情景。终南山距长安城南约六十里，从长安城中遥望终南山，阴天固然看不清，就是在大晴天，一般看到的也是笼罩终南山的蒙蒙雾霭；只有在雨雪初晴之时，才能看清它的真面目。

祖咏不仅用了"霁"，而且选择的是夕阳西下之时的"霁"。怎见得？他说"林表明霁色"，"林表"承"终南阴岭"而来，自然在终南高处。只有终南高处的林表才"明霁色"，表明西山已衔半边日，落日的馀光平射过来，染红了林表，不用说也照亮了浮在云端的积雪。而结句的"暮"字，也已经呼之欲出了。

俗谚有云："下雪不冷消雪冷。"又云："日暮天寒。"一场雪后，只有终南阴岭尚余积雪，其他地方的雪正在消融，吸收了大量的热，自然要寒一些；日暮之时，又比白天寒；望终南余雪，寒光闪耀，就令人更增寒意。

清王士禛在《渔洋诗话》里，把这首诗和晋陶潜的"倾耳无希声，在目皓已洁"（《癸卯岁十二月中作与从弟敬远》），王维的"洒空深巷静，积素广庭宽"（《冬晚对雪忆胡居士家》）等并列，称为咏雪的"最佳"作，不算过誉。

（霍松林）

▶▶ **王维**（约701—761） 字摩诘,原籍祁县(今属山西),其父迁居蒲州(治今山西永济西南蒲州镇),遂为河东人。开元进士。累官至给事中。安禄山叛军陷长安时曾受职,乱平后,降为太子中允。后官至尚书右丞,故亦称王右丞。中年后居蓝田辋川,过着亦官亦隐的优游生活。诗与孟浩然齐名,并称"王孟"。前期写过一些以边塞为题材的诗篇。但其作品最主要的则为山水诗,通过田园山水的描绘,宣扬隐逸情趣和佛教禅理;体物精细,状写传神,具有独特成就。兼通音乐,工书画。有《王右丞集》。

辛 夷 坞

王 维

木末芙蓉花,山中发红萼。

涧户寂无人,纷纷开且落。

这是王维田园组诗《辋川集》中的第十八首。这组诗全是五绝,犹如一幅幅精美的绘画小品,从多方面描绘了辋川一带的风物。作者很善于从平凡的事物中发现美,不仅以细致的笔墨写出景物的鲜明形象,而且往往从景物中写出一种环境气氛和精神气质。

"木末",指树杪。辛夷花不同于梅花、桃花之类,它的花苞打在每一根枝条的最末端上,形如毛笔,所以用"木末"二字是很准确的。"芙蓉花",即指辛夷。辛夷含苞待放时,很像荷花箭,花瓣和颜色也近似荷花。诗的前两句着重写花的"发"。当春天来到人间,辛夷在生命力的催动下,欣欣然地绽开神秘的蓓蕾,是那样灿烂,好似云蒸霞蔚,显示着一派春光。诗的后两句写花的"落"。这山中的红萼,点缀着寂寞的涧户（山涧中的陋室），随着时间的推移，最后纷纷扬扬地向人间洒下片片落英，了结了它一年的花期。短短四句诗，在描绘了辛夷花的美好形象的同时，又写出了一种落寞的景况和环境。

王维的《辋川集》给人的印象是对山川景物的流连，但其中也有一部分篇章表现诗人的心情并非那么宁静淡泊。《辛夷坞》在写景的同时也就不免带有寄托。它每年迎着料峭的春寒，在那高高的枝条上绽蕾吐芬。"木末芙蓉花，山中发红萼"，这个形象给人带来的正是迎春而发的一派生机和展望。但这一树芳华所面对的却是"涧户寂无人"的环境。全诗由花开写到花落，而以一句环境描写插入其中，前后境况迥异，由秀发转为零落。尽管画面上似乎不着痕迹，却能让人体会到一种对时代环境的寂寞感。

（余恕诚）

相　思

王　维

红豆生南国，春来①发几枝？
愿君多采撷，此物最相思。

---

① 春来：《王右丞集》作"秋来"。

唐代绝句名篇经乐工谱曲而广为流传者为数甚多。王维《相思》

就是梨园弟子爱唱的歌词之一。据说天宝之乱后，著名歌者李龟年流落江南，经常为人演唱它，听者无不动容。

红豆产于南方，结实鲜红浑圆，晶莹如珊瑚，南方人常用以镶嵌饰物。传说古代有一位女子，因丈夫死在边地，哭于树下而死，化为红豆，于是人们又称呼它为"相思子"。唐诗中常用它来关合相思之情。而"相思"不限于男女情爱范围，朋友之间也有相思的。此诗题一作《江上赠李龟年》，可见诗中抒写的是眷念朋友的情绪。

"南国"（南方）即是红豆产地，又是朋友所在之地。首句以"红豆生南国"起兴，暗逗后文的相思之情。语极单纯，而又富于形象。次句"春来发几枝"轻声一问，承得自然，寄语设问的口吻显得分外亲切。然而单问红豆春来发几枝，是意味深长的，这里的红豆是赤诚友爱的一种象征。这样写来，便觉语近情遥，令人神远。

第三句紧接着寄意对方"多采撷"红豆，仍是言在此而意在彼。以采撷植物来寄托怀思的情绪，是古典诗歌中常见手法。"愿君多采撷"似乎是说："看见红豆，想起我的一切吧。"暗示远方的友人珍重友谊，语言恳挚动人。这里只用相思嘱人，而自己的相思则见于言外。用这种方式透露情怀，婉曲动人，语意高妙。末句点题，"相思"与首句"红豆"呼应，既是切"相思子"之名，又关合相思之情，有双关的妙用。"此物最相思"就像说：只有这红豆才最惹人喜爱，最叫人忘不了呢。一个副词"最"，意味极深长，更增加了双关语中的含蕴。

全诗洋溢着少年的热情，青春的气息，满腹情思始终未曾直接表白，句句话儿不离红豆，而又"超以象外，得其圜中"，把相思之情表达得入木三分。在生活中，最情深的话往往朴素无华，自然入妙。王维很善于提炼这种素朴而典型的语言来表达深厚的思想感情。所以此诗语浅情深，当时就成为流行名歌是毫不奇怪的。

（周啸天）

▶▶ **李白**(701—762) 字太白,号青莲居士。祖籍陇西成纪(今甘肃秦安东),隋末其先人流寓碎叶(唐时属安西都护府,在今吉尔吉斯坦北部托克马克附近),他即于此出生。幼时随父迁居绵州昌隆(今四川江油)青莲乡。二十五岁离蜀,长期在各地漫游。天宝初供奉翰林。受权贵谗毁,仅一年余即离开长安。安史之乱中,曾为永王李璘幕僚,因璘败牵累,流放夜郎。中途遇赦东还。晚年漂泊困苦,卒于当涂。诗风雄奇豪放,想象丰富,语言流转自然,音律和谐多变。善于从民歌、神话中吸取营养和素材,构成其特有的瑰玮绚烂的色彩,富有积极浪漫主义精神。被后人誉为"诗仙"。与杜甫齐名,世称"李杜"。有《李太白集》。

古 朗 月 行

李 白

小时不识月,呼作白玉盘。

又疑瑶台镜,飞在青云端。

仙人垂两足,桂树何团团。

白兔捣药成,问言与谁餐?

蟾蜍蚀圆影,大明夜已残。

羿昔落九乌,天人清且安。

阴精此沦惑,去去不足观。

忧来其如何?凄怆摧心肝。

这是一首乐府诗。

诗人运用浪漫主义的创作方法,通过丰富的想象,神话传说的巧妙加工,以及强烈的抒情,构成瑰丽神奇而含义深蕴的艺术形象。诗中先写儿童时期对月亮稚气的认识,然后以"白玉盘""瑶台镜"作比,生动地表现出月亮的形状和月光的皎洁可爱。"呼""疑"这两个动词,传达出儿童的天真烂漫之态。然后,又写月亮的升起。古代神话说,月中有仙人、桂树、白兔。诗人运用神话传说,写出了月亮初生时逐渐明朗和宛若仙境般的景致。然而好景不长,月亮渐渐地由圆而蚀。蟾蜍,俗称癞蛤蟆;"大明",指月亮。传说月蚀就是蟾蜍食月所造成,月亮被蟾蜍所啮食而残损,变得晦暗不明。"羿昔落九乌,天人清且安",表现出诗人的感慨和希望。然而,现实毕竟是现实,诗人深感失望。月亮既然已经沦没而迷惑不清,还有什么可看的呢!不如趁早走开吧。这显然是无可奈何的办法,心中的忧愤不仅没有解除,反而加深了:"忧来其如何?凄怆摧心肝。"

这首诗,大概是李白针对当时朝政黑暗而发的。然而诗人的主旨却不明说,而是通篇作隐语,化现实为幻景,以蟾蜍蚀月影射现实,说得十分深婉曲折。诗中一个又一个新颖奇妙的想象,展现出诗人起伏不平的感情,文辞如行云流水,富有魅力,发人深思,体现出李白诗歌的雄奇奔放、清新俊逸的风格。

(郑国铨)

清平调词三首

李　白

云想衣裳花想容,春风拂槛露华浓。

若非群玉山头见,会向瑶台月下逢。

一枝红艳露凝香,云雨巫山枉断肠。

借问汉宫谁得似?可怜飞燕倚新妆。

名花倾国两相欢,长得君王带笑看。

解释春风无限恨,沉香亭北倚阑干。

赏析

　　这三首诗是李白在长安供奉翰林时所作。一日,玄宗和杨妃在宫中观牡丹花,因命李白写新乐章,李白奉诏而作。在三首诗中,把木芍药(牡丹)和杨妃交互在一起写,花即是人,人即是花,人面花光浑融一片,同蒙恩泽。

　　第一首,一起七字把杨妃的衣服,写成真如霓裳羽衣一般,簇拥着她那丰满的玉容。交互参差,就给人以花团锦簇之感。接下去进一步以"露华浓"来点染花容,美丽的牡丹花在晶莹的露水中显得更加艳冶,这就使上句更为酣满,同时也以风露暗喻君王的恩泽,使花容人面倍见精神。下面,诗人的想象忽又升腾到天堂西王母所居的群玉山、瑶台。玉山、瑶台、月色,一色素淡的字眼,映衬花容人面,使人自然联想到白玉般的人儿,又像一朵温馨的白牡丹花。与此同时,诗人又不露痕迹,把杨妃比作天女下凡,真是精妙至极。

　　第二首,起句不但写色,而且写香;不但写天然的美,而且写含露的美。"云雨巫山枉断肠"用楚襄王的故事,把上句的花,加以人化,指出楚王为神女而断肠,其实梦中的神女,哪里及得到当前的花容人面! 再算下来,汉成帝的皇后赵飞燕,可算得绝代美人了,可是赵飞燕还得倚仗新妆,哪里及得眼前花容月貌般的杨妃,不须脂粉,便是天然绝色。这一首以压低神女和飞燕,来抬高杨妃,借古喻今,亦是尊题之法。

第三首从仙境古人返回到现实。"倾国"美人,当然指杨妃,诗到此处才正面点出,并用"两相欢"把牡丹和"倾国"合为一提,"带笑看"三字再来一统,使牡丹、杨妃、玄宗三位一体,融合在一起了。由于第二句的"笑",逗起了第三句的"解释春风无限恨","春风"两字即君王之代词。这一句,把牡丹美人动人的姿色写得情趣盎然,君王既带笑,当然"无恨","恨"都为之消释了。末句点明赏花地点——"沉香亭北"。花在阑外,人倚阑干,多么优雅风流。

这三首诗,语语浓艳,字字流葩;而最突出的是将花与人浑融在一起写,又似在写花光,又似在写人面。"一枝红艳露凝香",也都是人、物交融,言在此而意在彼。读这三首诗,如觉春风满纸,花光满眼,人面迷离,不待什么刻画,而自然使人觉得这是牡丹,这是美人玉色,而不是别的。

(沈熙乾)

33

戎昱 荆南（今湖北江陵）人。少试进士不第。大历初卫伯玉镇荆南，辟为从事。后漫游湘、桂间。建中末为辰州刺史，迁虔州刺史，贞元中卒。诗多吟咏客中山水景色，少数作品也表现了忧念时事的心情。原有集，已散佚，宋人辑有《戎昱诗集》。

走进唐诗

咏物

早　梅

戎　昱

一树寒梅白玉条，迥临村路傍溪桥。

不知近水花先发，疑是经冬雪未销。

赏析

　　自古诗人以梅花入诗者不乏佳篇，有人咏梅的风姿，有人颂梅的神韵；这首咏梅诗，则侧重写一个"早"字。

　　首句既形容了寒梅的洁白如玉，又照应了"寒"字，写出了早梅凌寒独开的丰姿。第二句写这一树梅花远离人来车往的村路，临近溪水桥边。一个"迥"字，一个"傍"字，写出了"一树寒梅"独开的环境。这一句承上启下，是全诗发展必要的过渡，"溪桥"二字引出下句。第三句，说一树寒梅早发的原因是由于"近水"；第四句回应首句，是诗人把寒梅疑做是经冬而未消的白雪。一个"不知"加上一个"疑是"，写出诗人远望似雪非雪的迷离恍惚之境。最后定睛望去，才发现原来这是一树近水先发的寒梅，诗人的疑惑排除了，早梅之"早"也点出了。

　　梅与雪常常在诗人笔下结成不解之缘，如许浑《早梅》诗云："素艳雪凝树",这是形容梅花似雪;而戎昱的诗句则是疑梅为雪,着意点是不同的。对寒梅花发,形色的似玉如雪,不少诗人也都产生过类似的疑真的错觉。宋代王安石有诗云:"遥知不是雪,为有暗香来。"也是先疑为雪,只因暗香袭来,才知是梅而非雪,和本篇意境可谓异曲同工。而戎昱此诗,从似玉非雪、近水先发的梅花着笔,写出了早梅的形神,同时也写出了诗人探索寻觅的认识过程。并且透过表面,写出了诗人与寒梅在精神上的契合。读者透过转折交错、首尾照应的笔法,自可领略到诗中悠然的韵味和不尽的意蕴。

(左成文)

▶ **杜甫**（712—770） 字子美，诗中尝自称少陵野老。原籍襄阳（今属湖北），迁居巩县（今属河南）。杜审言之孙。开元后期，举进士不第，漫游各地。后寓居长安（今陕西西安）近十年。及安禄山军陷长安，乃逃至凤翔，谒见肃宗，官左拾遗。长安收复后，随肃宗还京，寻出为华州司功参军。不久弃官居秦州、同谷。又移家成都，筑草堂于浣花溪上，世称浣花草堂。一度在剑南节度使严武幕中任参谋，武表为检校工部员外郎，故世称杜工部。晚年携家出蜀，病死湘江途中。其诗显示了唐代由盛转衰的历史过程，被称为"诗史"。以古体、律诗见长，风格多样，而以沉郁为主。语言精练，具有高度的表达能力。与李白齐名，世称"李杜"。宋以后被尊为"诗圣"。有《杜工部集》。

房兵曹胡马

杜　甫

胡马大宛名，锋棱瘦骨成。

竹批双耳峻，风入四蹄轻。

所向无空阔，真堪托死生。

骁腾有如此，万里可横行。

　　这是一首咏物言志诗。注家一般认为作于开元二十八年（740）或二十九年，正值诗人漫游齐赵、飞鹰走狗、裘马清狂的一段时期。诗的风格超迈遒劲，凛凛有生气，反映了青年杜甫锐于进取的精神。

　　诗分前后两部分。前面四句正面写马，是实写。诗人恰似一位丹青妙手，用传神之笔为我们描画了一匹神清骨峻的"胡马"。它来自大宛（汉代西域国名，素以产"汗血马"著称），自然非凡马可比。接着,对马作了形象的刻画。杜甫写马的骨相：嶙峋耸峙,状如锋棱,勾勒出神峻的轮廓。接着写马耳如刀削斧劈一般锐利劲挺。至此,骏马的昂藏不凡已跃然纸上了,我们似见其咴咴喷气、跃跃欲试的情状,下面顺势写其四蹄腾空、凌厉奔驰的雄姿就十分自然。"批""入"两词极其传神。前者写双耳直竖,有一种挺拔的力度;后者不写四蹄生风,而写风入四蹄,别具神韵。从骑者的感受说,当其风驰电掣之时,好像马是不动的,两旁的景物飞速后闪,风也向蹄间呼啸而入。诗人刻画细致,惟妙逼真。颔联突出每句的最后一字："峻"写马的气概,"轻"写它的疾驰,都显示出诗人的匠心。这一部分写马的风骨,用的是大笔勾勒的方法,不必要的细节一概略去,只写其骨相、双耳和奔驰之态,因为这三者最能体现马的特色。

　　诗的前四句写马的外形动态,后四句转写马的品格,用虚写手法,由咏物转入了抒情。颈联承上奔马而来,写它纵横驰骋,历块过都,有着无穷广阔的活动天地;它能逾越一切险阻的能力就足以使人信赖。这里看似写马,实是写人,这难道不是一个忠实的朋友、勇敢的将士、侠义的豪杰的形象吗？尾联先用"骁腾有如此"总挽上文,对马作概括,最后宕开一句——"万里可横行",包含着无尽的期望和抱负,将意境开拓得非常深远。这一联收得拢,也放得开,它既是写马驰骋万里,也是期望房兵曹为国立功,更是诗人自己志向的写照。盛唐时代国力的强盛,疆土的开拓,激发了民众的豪情,书生寒士都渴望建功立业,封侯万里。这种蓬勃向上的精神用骏马来表现确是最合适不过了。这和后期杜甫通过对病马的悲悯来表现忧国之情,真不可同日而语。

　　杜甫此诗将状物和抒情结合得自然无间。在写马中也写人,写人又离不开写马,这样一方面赋予马以活的灵魂,用人的精神进一步将马写活;另一方面写人有马的品格,人的情志也有了形象的表现。前人讲"咏物诗最难工,太切题则粘皮带骨,不切题则捕风捉影,须在不即不离之间"(清钱泳《履园谈诗》),这个要求杜甫是做到了。

春 夜 喜 雨

杜 甫

好雨知时节,当春乃发生。

随风潜入夜,润物细无声。

野径云俱黑,江船火独明。

晓看红湿处,花重锦官城。

这是描绘春夜雨景,表现喜悦心情的名作。

一开头就用一个"好"字赞美"雨"。在生活里,"好"常常被用来赞美那些做好事的人。接下去,就把雨拟人化,说它"知时节",懂得满足客观需要。春天是万物萌芽生长的季节,正需要下雨,雨就下起来了。你看它多么"好"!

第二联,进一步表现雨的"好"。"随风潜入夜,润物细无声。"这仍然用的是拟人化手法。"潜入夜"和"细无声"相配合,不仅表明那雨是伴随和风而来的细雨,而且表明那雨有意"润物",无意讨"好"。悄悄地来,在人们酣睡的夜晚无声地、细细地下。

雨这样"好",倘若只下一会儿,就云散天晴,那"润物"就很不彻底。诗人抓住这一点,写了第三联。放眼四望,"野径云俱黑,江船火独明",只有船上的灯火是明的。此外,连江面也看不见,小路也辨不清,天空里全是黑沉沉的云,地上也像云一样黑。

尾联写的是想象中的情景。如此"好雨"下上一夜,万物就都得到润泽,发荣滋长起来了。整个锦官城(成都)杂花生树,一片"红湿",一朵朵红艳艳、沉甸甸,汇成花的海洋。

清浦起龙说:"写雨切夜易,切春难。"(《读杜心解》)这首《春夜喜雨》诗,不仅切夜、切春,而且写出了典型春雨也就是"好雨"的高尚品格,表现了诗人也是一切"好人"的高尚人格。

诗人盼望这样的"好雨",喜爱这样的"好雨"。所以题目中的那个"喜"字在诗里虽然没有露面,但"'喜'意都从罅缝里迸透"(浦起龙《读杜心解》)。诗人正在盼望春雨"润物"的时候,雨下起来了,于是一上来就满心欢喜地叫"好"。第二联,诗人倾耳细听,听出那雨在春夜里绵绵密密地下,只为"润物",不求人知,自然"喜"得睡不着觉。第三联所写,看见雨意正浓,就情不自禁地想象天明以后春色满城的美景。其无限喜悦的心情,又表现得多么生动!

(霍松林)

孤　雁

杜　甫

孤雁不饮啄，飞鸣声念群。

谁怜一片影，相失万重云？

望尽似犹见，哀多如更闻。

野鸦无意绪，鸣噪自纷纷。

赏析

　　这首咏物诗写于大历初杜甫居夔州(治今重庆奉节)时。它是一首孤雁念群之歌，体物曲尽其妙，同时又融注了作者的思想感情，堪称佳绝。

　　依常法，咏物诗以曲为佳，以隐为妙，所咏之物是不宜道破的。杜甫则不然，他开篇即唤出"孤雁"。而此孤雁不同一般，它不饮，不啄，只是一个劲地飞着，叫着，声音里透出：它是多么想念它的同伴！不独想念，而且还拼命追寻，这真是一只情感热烈而执着的"孤雁"。

　　次联境界倏忽开阔。高远浩茫的天空中，这小小的孤雁仅是"一片影"，它与雁群相失在"万重云"间，天高路遥，云海迷漫，将往何处去找失去的伴侣？清人朱鹤龄注此诗说："此托孤雁以念兄弟也。"而诗人所思念者恐不独是兄弟，还包括他的亲密的朋友。他无时不渴望骨肉团聚，无日不梦想知友重逢。这孤零零的雁儿，寄寓了诗人自己的影子。

三联紧承上联,从心理方面刻画孤雁的鲜明个性:它被思念缠绕着,被痛苦煎熬着,迫使它不停地飞鸣。它望尽天际,望啊,望啊,仿佛那失去的雁群老在它眼前晃;它哀唤声声,唤啊,唤啊,似乎那侣伴的鸣声老在它耳畔响。所以,它更要不停地追飞,不停地呼唤了。这两句血泪文字,情深意切,哀痛欲绝。

　　结尾用了陪衬的笔法,表达了诗人的爱憎感情。孤雁念群之情那么迫切,它那么痛苦、劳累;而野鸦们是全然不懂的,它们纷纷然鸣噪不停,自得其乐。"无意绪"是孤雁对着野鸦时的心情,也是杜甫既不能与知己亲朋相见,却面对着一些俗客庸夫时厌恶无聊的心绪。

　　这是一篇念群之雁的赞歌,它表现的情感是浓挚的,悲中有壮的。它那样孤单、困苦,同时却还要不断地呼号、追求。它那念友之情在胸中炽烈地燃烧,它不顾处境的安危。宁愿飞翔在万重云里,未曾留意暮雨寒塘。诗情激切高昂,思想境界很高。

　　就艺术技巧而论,全篇咏物传神,是大匠运斤,自然浑成,全无斧凿之痕。中间两联有情有景,一气呵成,而且景中有声有色,甚至还有光和影,能给人以"立体感",仿佛电影镜头似的表现那云间雁影,真神来之笔。

(徐永端)

燕子来舟中作

杜　甫

湖南为客动经春,燕子衔泥两度新。

旧入故园尝识主,如今社日远看人。

可怜处处巢居室,何异飘飘托此身。

暂语船樯还起去,穿花贴水益沾巾。

赏析

杜甫于大历三年(768)出峡,先是漂泊湖北,后转徙湖南。写此诗时,已是第二年的春天了。所以诗一开始就点明"湖南为客动经春",接着又以燕子衔泥筑巢来形象地描绘春天的景象,引出所咏的对象——燕子。

"旧入故园尝识主,如今社日远看人。"旧时你入我故园之中曾经认识了我这主人,如今又逢春社之日,小燕儿,你竟远远地看着我,莫非你也在疑惑吗?为什么主人变成这么孤独,这么衰老?他的故园又怎样了?他为什么在孤舟中漂流?

"可怜处处巢居室,何异飘飘托此身。"我老病一身,有谁来怜我,只有你小燕子倒来关心我了。而我也正在哀怜你,天地如此广阔,小小的燕子却只能到处为家,没有定居之所,这又何异于飘飘荡荡托身于茫茫江湖之中的我呢?

"暂语船樯还起去,穿花贴水益沾巾。"为了安慰我的寂寞,小燕子啊,你竟翩然来我舟中,暂歇船樯上,可刚和我说了几句话马上又起身飞去,因为你也忙于生计,要不断地去衔泥捉虫呀。而你又不忍径去,穿花贴水,徘徊顾恋,真令我禁不住老泪纵横了。

此诗写燕来舟中,似乎是来陪伴寂寞的诗人。我们的眼前仿佛出现那衰颜白发的诗人,病滞孤舟中,而在船樯上却站着一只轻盈的小燕子,这活泼的小生命给诗人带来春天的信息。我们的诗人呢,只见他抬头对着燕子充满爱怜地说话,一边又悲叹着喃喃自语……还有比这样的情景更令人感动的么?

全诗极写漂泊动荡之忧思,"为客经春"是一篇的主骨。中间四句看似句句咏燕,实是句句关联着自己的茫茫身世。最后一联,前十一字,也是字字贴燕,后三字"益沾巾"突然转为写己。体物缘情,浑然一体,使人分不清究竟是人怜燕,还是燕怜人,凄楚悲怆,感人肺腑。

(徐永端)

▶ **钱起**（约720—约782） 字仲文，吴兴（今浙江湖州）人。天宝进士，曾任蓝田尉，官至考功郎中。"大历十才子"之一。与郎士元齐名，并称"钱郎"。诗以五言为主，多送别酬赠之作，有关山林诸篇，常流露追慕隐逸之意。有《钱考功集》。

走进唐诗

咏物

归　雁

钱　起

潇湘何事等闲回？水碧沙明两岸苔。

二十五弦弹夜月，不胜清怨却飞来。

赏析

　　钱起是吴兴（今属浙江）人，入仕后，一直在长安和京畿作官。他看到秋雁南飞，曾作《送征雁》诗。这首《归雁》，同样写于北方，所咏却是从南方归来的春雁。

　　古人认为，秋雁南飞，不越过湖南衡山的回雁峰，它们飞到峰北就栖息在湘江下游，过了冬天再飞回北方。作者依照这样的认识，从归雁想到了它们归来前的栖息地——湘江，又从湘江想到了湘江女神善于鼓瑟的神话，再根据瑟曲有《归雁操》进而把鼓瑟同大雁的归来相联系，这样就形成了诗中的奇思妙想。

　　根据这样的艺术构思，作者一反历代诗人把春雁北归视为理所当然的惯例，而故意对大雁的归来表示不解，一下笔就劈空设问："潇湘何事等闲回？水碧沙明两岸苔。"询问归雁为什么舍得离开那环境优美、水草丰盛的湘江而回来呢？这突兀的询问，一下子就把读者的思路引上了诗人所安排的轨道——不理会大雁的习性，而另外探寻大雁归来的原因。

作者在第三、四句代雁作了回答："二十五弦弹夜月，不胜清怨却飞来。"湘江女神在月夜下鼓瑟（二十五弦），那瑟声凄凉哀怨，大雁不忍再听下去，才飞回北方的。

诗人借助丰富的想象和优美的神话，为读者展现了湘神鼓瑟的凄清境界，着意塑造了多情善感而又通晓音乐的大雁形象。然而，诗人笔下的湘神鼓瑟为什么那样凄凉？大雁又是为什么那样"不胜清怨"呢？为了弄清诗人所表达的思想感情，无妨看看他考进士的成名之作《湘灵鼓瑟》。在那首诗中，作者用"苍梧来怨慕"的诗句指出，湘水江神鼓瑟之所以哀怨，是由于她在乐声中寄托了对死于苍梧的丈夫——舜的思念。同时，诗中还有"楚客不堪听"的诗句，表现了贬迁于湘江的"楚客"对瑟声哀怨之情的不堪忍受。

拿《湘灵鼓瑟》同《归雁》相对照，使我们领会到：作者是按照贬迁异地的"楚客"来塑造客居湘江的旅雁的形象的。故而，他使旅雁听到湘灵的充满思亲之悲的瑟声，便乡愁郁怀，羁思难耐，而毅然离开优美富足的湘江，向北方飞回。诗人正是借写充满客愁的旅雁，婉转地表露了宦游他乡的羁旅之思。这首诗构思新颖，想象丰富，笔法空灵，抒情婉转，意趣含蕴。它以独特的艺术特色，而成为引人注目的咏雁名篇之一。

（范之麟）

诗 / 人 / 小 / 传

▶▶ **胡令能** 贞元、元和间人。隐居圃田（今河南中牟）。少为磨镜镀钉之业，人称"胡钉铰"。服膺列子，禅学精邃。诗语浅俗，却颇具巧思。《全唐诗》存其诗四首。

走
进
唐
诗

*咏
物*

咏　绣　障

胡令能

日暮堂前花蕊娇，争拈小笔上床描。

绣成安向春园里，引得黄莺下柳条。

赏析

这是一首赞美刺绣精美的诗。

首句"日暮""堂前"点明时间、地点。"花蕊娇"，花朵含苞待放，娇美异常——这是待绣屏风（"绣障"）上取样的对象。

首句以静态写物，次句则以动态写人：一群绣女正竞相拈取小巧的画笔，在绣床上开始写生，描取花样。争先恐后的模样，眉飞色舞的神态，都从"争"字中隐隐透出。"拈"，是用三两个指头夹取的意思，见出动作的轻灵，姿态的优美。这一句虽然用意只在写人，但也同时带出堂上的布置：一边摆着笔架，正对堂前的写生对象（"花蕊"），早已布置好绣床。

三、四句写"绣成"以后绣工的精美巧夺天工：把完工后的绣屏风安放到春光烂漫的花园里去，虽是人工，却足以乱真——你瞧，黄莺都上当了，离开柳枝向绣屏风飞来。末句从对面写出，让乱真的事实说话,不言女红之工巧,而工巧自见。而且还因黄莺入画,丰富了诗歌形象,平添了动人的情趣。

从二句的"上床描"到三句的"绣成",整个取样与刺绣的过程都省去了,像"花随玉指添春色,鸟逐金针长羽毛"(罗隐《绣》)那样正面描写绣活进行时飞针走线情况的诗句,是不可能在这首诗中找到的。

清沈德潜在论及题画诗时说:"其法全在不粘画上发论。"(《说诗晬语》卷下)"不粘"在绣工本身,而是以映衬取胜,也许这就是《咏绣障》在艺术上成功的主要奥秘。

(陈志明)

▶▶ **李益**（746—829） 字君虞，郑州（今属河南）人。大历进士，初因仕途不顺，弃官客游燕赵间。后官至礼部尚书。其诗音律和美，为当时乐工所传唱。长于七绝，以写边塞诗知名。

走进唐诗
咏物

竹窗闻风寄苗发司空曙

李 益

微风惊暮坐，临牖思悠哉。

开门复动竹，疑是故人来。

时滴枝上露，稍沾阶下苔。

何当一入幌，为拂绿琴埃。

赏析

　　李益和苗发、司空曙，都列名"大历十才子"，彼此是诗友。诗题曰《竹窗闻风寄苗发司空曙》，诗中最活跃的形象便是傍晚骤来的一阵微风。"望风怀想，能不依依"（李陵《答苏武书》），因风而思故人，借风以寄思情，是古已有之的传统比兴。本诗亦然。这微风便是激发诗人思绪的触媒，是盼望故人相见的寄托，也是结构全诗的线索。此诗成功地通过微风的形象，表现了诗人孤寂落寞的心情，抒发了思念故人的渴望。

　　诗从"望风怀想"生发出来，所以从微风骤至写起。傍晚时分，诗人独坐室内，临窗冥想。突然，一阵微风吹来。于是，诗人格外感到孤独寂寞，顿时激起对友情的渴念，盼望故人来到。他谛听着微风悄悄吹开院门，轻轻吹动竹丛，行动自如，环境熟悉，好像真的是怀想中的故人来了。不觉时已入夜，微风掠过竹丛，枝叶上的露珠不时地滴落下来，那久无人迹的石阶下早已蔓生青苔，滴落的露水已渐渐润泽了苔色。多么清幽静谧的境界，多么深沉的寂寞和思念！可惜这风太小了，未能掀帘进屋来。屋里久未弹奏的绿琴上，积尘如土。结句含蓄隽永，语意双关。言外之意是：钟子期不在，伯牙也就没有弹琴的意绪。什么时候，故人真能如风来似地掀帘进屋，我当重理丝弦，一奏绿琴，以慰知音，那有多么好啊！

全篇紧紧围绕"闻风"二字进行艺术构思。前面写临风而思友、闻风而疑来。"时滴"二句风吹叶动，露滴沾苔，用意还是写风。入幌拂埃，也是说风，是浪漫主义的遐想。绿琴上积满尘埃，是由于寂寞无心绪之故，期望风来，拂去尘埃，重理丝弦，以寄思友之意。诗中傍晚微风是实景，"疑是故人"属遐想；一实一虚，疑似恍惚；一主一辅，绘声传神，引人入胜。而于风着力写其"微"，于己极显其"惊""疑"，于故人则深寄之"悠思"。这一系列细微的内心感情活动，随风而起，随风递进，交相衬托，生动有致。全诗构思巧妙，比喻惟肖，描写细致。可以说，这首诗的艺术魅力实际上并不在以情动人，而在以巧取胜，以才华令人赏叹。

（倪其心）

隋　宫　燕

李　益

燕语如伤旧国春，宫花旋落已成尘。

自从一闭风光后，几度飞来不见人。

走进唐诗 咏物

隋炀帝杨广在位十三年，三下江都（今江苏扬州），耗费大量民力、财力，最后亡国丧身。因此"隋宫"（隋炀帝在江都的行宫）就成了隋炀帝专制腐败、迷于声色的象征。李益对隋宫前的春燕呢喃，颇有感触，便以代燕说话的巧妙构思，抒发吊古伤今之情。

"燕语如伤旧国春"，目睹过隋宫盛事的燕子正在双双低语，像是为逝去的"旧国"之"春"而感伤。这感伤是由眼前的情景所引起的，君不见"宫花旋落已成尘"，如今春来隋宫只有那不解事的宫花依旧盛开，然而也转眼就凋谢了，化为泥土，真是花开花落无人问。况且此等景象已不是一年两年，而是"自从一闭风光后，几度飞来不见人"。燕子尚且感伤至此，而况人乎？

天下会有如此多情善感，能"伤旧国"之"春"的燕子吗？当然没有。然而读者并不觉得它荒诞，反而认真地去欣赏它、体味它。因为它虚中有实，幻中见真。你看：隋宫确曾有过热闹繁华的春天；而后"一闭风光"，蔓草萋萋；春到南国，燕子归来，相对呢喃如语。这些都是"实"。尽管隋宫已经荒凉破败，隋宫燕却依然年年如期而至。燕子衔泥筑巢，所以那宫花凋落，旋成泥土，也很能反映燕子的眼中所见，心中所感。燕子要巢居在屋内，自然会留意巢居的屋子有没有人。这些都是"真"。诗人通过如此细致的观察和丰富的想象，将隋宫的衰飒和春燕归巢联系起来，把燕子的特征和活动化为具有思想内容的艺术形象，这种"虚实相成，有无互立"（清叶燮《原诗》）的境界，增强了诗的表现力，给人以更美、更新鲜、更富情韵的艺术享受。

（赵其钧）

▶▶ **韩愈**（768—824） 字退之，河南河阳（今河南孟县南）人。自谓郡望昌黎，世称韩昌黎。贞元进士。曾任国子博士、刑部侍郎等职，因谏阻宪宗迎佛骨，贬为潮州刺史。后官至吏部侍郎。卒谥文，世称韩文公。倡导古文运动，其散文被列为"唐宋八大家"之首，与柳宗元并称"韩柳"。其诗力求新奇，有时流于险怪，对宋诗影响颇大。有《昌黎先生集》。

春　雪

韩　愈

新年都未有芳华，二月初惊见草芽。

白雪却嫌春色晚，故穿庭树作飞花。

赏析

这首《春雪》，构思新巧，独具风采，是韩愈小诗中的佼佼者。

"新年都未有芳华，二月初惊见草芽。"新年即阴历正月初一，这天前后是立春，所以标志着春天的到来。新年都还没有芬芳的鲜花，就使得在漫漫寒冬中久盼春色的人们分外焦急。第二句"二月初惊见草芽"，说二月亦无花，但话是从侧面来说的，它似乎不是表明，诗人为二月刚见草芽而吃惊、失望，而是在焦急的期待中终于见到"春色"的萌芽而惊喜。然而这种淡淡的情绪藏在诗句背后，显得十分含蕴。韩愈在《早春呈水部张十八员外》中曾写道："草色遥看近却无"，"最是一年春好处"。诗人对"草芽"似乎特别多情，也就是因为他从草芽看到了春的消息吧。从章法上看，前句"未有芳华"，一抑；后句"初见草芽"，一扬，跌宕腾挪，波澜起伏。

三、四两句表面上是说有雪而无花,实际感情却是:人倒还能等待来迟的春色,从二月的草芽中看到春天的身影,但白雪却等不住了,竟然纷纷扬扬,穿树飞花,自己装点出了一派春色。真正的春色(百花盛开)未来,固然不免令人感到有些遗憾,但这穿树飞花的春雪不也照样给人以春的气息吗!一个盼望着春天的诗人,如果自然界还没有春色,他就可以幻化出一片春色来。这就是三、四两句的妙处,它富有浓烈的浪漫主义色彩,可称神来之笔。"却嫌""故穿",把春雪描绘得多么美好而有灵性,饶富情趣。诗的构思甚奇。初春时节,雪花飞舞,本来是造成"新年都未有芳华,二月初惊见草芽"的原因,可是,诗人偏说白雪是因为嫌春色来得太迟,才"故穿庭树"纷飞而来。这种写法,增加了诗的意趣。"作飞花"三字,翻静态为动态,把初春的冷落翻成仲春的热闹,使读者如入山阴道上,有应接不暇之感。

此诗于常景中翻出新意,工巧奇警,是一篇别开生面的佳作。

(汤贵仁)

▶▶ **刘禹锡**（772—842） 字梦得，洛阳（今属河南）人，自言系出中山（治今河北定州）。贞元进士，登博学宏词科。授监察御史，因参加王叔文集团，贬朗州司马，迁连州刺史。后以裴度力荐，任太子宾客，加检校礼部尚书。世称刘宾客。与柳宗元友善，并称"刘柳"。又与白居易唱和，并称"刘白"。其诗通俗清新，善用比兴手法寄托政治内容。《竹枝词》《杨柳枝词》等组诗，富有民歌特色，为唐诗中别开生面之作。有《刘梦得文集》。

秋 风 引

刘禹锡

何处秋风至？萧萧送雁群。

朝来入庭树，孤客最先闻。

赏析

刘禹锡这首诗可能作于南方贬谪生活时期的贬所，因秋风起、雁南飞而触动了孤客之心。诗的内容，其实就是江淹曾说的"西北秋风至，楚客心悠哉"；但诗人没有在"客心"上多费笔墨，而在"秋风"上驰骋诗思。

诗以"秋风"为题；首句就题发问，摇曳生姿，而通过这一起势突兀、下笔飘忽的问句，也显示了秋风的不知其来、忽然而至的特征。如果进一步推寻它的弦外之音，这一问，可能还暗含怨秋的意思，与李白《春思》诗"春风不相识，何事入罗帏"句有异曲同工之处。当然，秋风之来，既无影无迹，又无所不在，它从何处来、来到何处，本是无可究诘的。这里虽以问语出之，而诗人的真意原不在追根究底，接下来就宕开诗笔,以"萧萧送雁群"一句写耳所闻的风来萧萧之声和目所见的随风而来的雁群。这样,就化无形之风为可闻可见的景象,从而把不知何处至的秋风绘声绘影地写入诗篇。

诗的后两句把笔触从秋空中的"雁群"移向地面上的"庭树",再集中到独在异乡的"楚客",由远而近,步步换景。"朝来"句既承接首句的"秋风至",又承接次句的"萧萧"声,不是回答又似回答了篇端的发问。它说明秋风的来去虽然无处可寻,却又附着他物而随处存在,现在风动庭树,木叶萧萧,则无形的秋风分明已经近在庭院,来到耳边了。诗写到这里,写足了作为诗题的"秋风",可是,诗中之人还没有露面,景中之情还没有点出。直到最后一句才画龙点睛,说秋风已为"孤客"所"闻"。当然,作为"孤客",他不仅会因颜状改变而为岁月流逝兴悲,其羁旅之情和思归之心更是可想而知的。

这首诗主要要表达的,其实正是这羁旅之情和思归之心,但妙在不从正面着笔,始终只就秋风做文章,在篇末虽然推出了"孤客",也只写到他"闻"秋风而止。后世众多评语都称赞本诗结句曲折见意,含蓄不尽,为读者留有可寻味的深度。不过,诗无定法,这一结句固然以曲说而妙,但也有直说而妙的。这里,从全诗看来,却必须说"不可闻",才与它的苍凉慷慨的意境、高亢劲健的风格相融浃。

(陈邦炎)

▶▶ **白居易**(772—846) 字乐天,晚年号香山居士、醉吟先生。祖籍太原(今属山西),后迁居下邽(今陕西渭南北)。贞元进士,授秘书省校书郎。元和年间任左拾遗及左赞善大夫。后因上表请求严缉刺死宰相武元衡的凶手,得罪权贵,贬为江州司马。长庆初年任杭州刺史,宝历初年任苏州刺史,后官至刑部尚书。在文学上,主张"文章合为时而著,歌诗合为事而作",是新乐府运动的倡导者。其诗语言通俗,相传老妪也能听懂。与元稹常唱和,世称"元白"。有《白氏长庆集》。

缭　绫

白居易

缭绫缭绫何所似?不似罗绡与纨绮;

应似天台山上明月前,四十五尺瀑布泉。

中有文章又奇绝,地铺白烟花簇雪。

织者何人衣者谁?越溪寒女汉宫姬。

去年中使宣口敕,天上取样人间织。

织为云外秋雁行,染作江南春水色。

广裁衫袖长制裙,金斗熨波刀剪纹。

异彩奇文相隐映,转侧看花花不定。

昭阳舞人恩正深,春衣一对直千金。

汗沾粉污不再着,曳土踏泥无惜心。

缭绫织成费功绩,莫比寻常缯与帛。

丝细缫多女手疼,扎扎千声不盈尺。

昭阳殿里歌舞人，若见织时应也惜。

这首诗，是白居易《新乐府》中的第三十一篇，主题是"念女工之劳"。作者从缭绫的生产过程、工艺特点以及生产者与消费者的社会关系中提炼出这一主题，在艺术表现上很有独创性。

缭绫是一种精美的丝织品，用它做成"昭阳舞人"的"舞衣"，价值"千金"。本篇的描写，都着眼于这种丝织品的出奇的精美，而写出了它的出奇的精美，则出奇的费工也就不言而喻了。

"缭绫缭绫何所似？"——诗人以突如其来的一问开头，让读者迫切地期待下文的回答。回答用了"比"的手法，先说"不似……"，后说"应似……"，文意层层逼进，文势跌宕生姿。罗、绡、纨、绮，这四种丝织品都相当精美；而"不似罗绡与纨绮"一句，表明缭绫之精美，非其他丝织品所能比拟。那么，什么才配与它相比呢？诗人找到了一种天然的东西："瀑布"。用"瀑布"与丝织品相比，唐人诗中并不罕见。但白居易在这里说"应似天台山上明月前，四十五尺瀑布泉"，仍显得新颖贴切。新颖之处在于照"瀑布"以"明月"；贴切之处在于既以"四十五尺"兼写瀑布的下垂与一匹缭绫的长度，又以"天台山"点明缭绫的产地，与下文的"越溪"相照应。缭绫是越地的名产，天台是越地的名山。诗人把越地的名产与越地的名山奇景联系起来，说一匹四十五尺的缭绫高悬，就像天台山上的瀑布在明月下飞泻，不仅写出了形状、色彩，而且表现出闪闪寒光，耀人眼目。缭绫如此，已经是巧夺天工了；但还不止如此。瀑布是没有"文章"（图案花纹）的，而缭绫呢，却"中有文章又奇绝"，这又非瀑布所能比拟。写"文章""奇绝"，又连用两

"比"："地铺白烟花簇雪"。不仅写出了底、花俱白，而且连它们那轻柔的质感、半透明的光感和闪烁不定、令人望而生寒的色调都表现得活灵活现。

诗人写出了缭绫的精美奇绝，就立刻掉转笔锋，先问后答，点明缭绫的生产者与消费者，突出双方悬殊的差距，新意层出，波澜迭起，如入山阴道上，令人目不暇接。

"织者何人衣者谁？"连发两问，"越溪寒女汉宫姬"，连作两答。生产者与消费者以及她们之间的对立，均已历历在目。"越溪女"既然那么"寒"，为什么不给自己织布御"寒"呢？因为要给"汉宫姬"织造缭绫，不暇自顾。"中使宣口敕"，说明皇帝的命令不可抗拒。"天上取样"，说明技术要求非常高，因而也就非常费工。"织为云外秋雁行"，是对上文"花簇雪"的补充描写。"染作江南春水色"，则是说织好了还得染，而"染"的难度也非常大，因而也相当费工。织好染就，"异彩奇文相隐映，转侧看花花不定"，其工艺水平竟达到如此惊人的程度，那么，它耗费了"寒女"多少劳力和心血，也就不难想见了。

精美的缭绫要织女付出多么高昂的代价："丝细缫多女手疼，扎扎千声不盈尺。"然而，"昭阳舞女"却把缭绫制成的舞衣看得一文不值："汗沾粉污不再着，曳土踏泥无惜心。"这种对比，揭露了一个事实：皇帝派中使，传口敕，发图样，逼使"越溪寒女"织造精美绝伦的缭绫，就是为了给他宠爱的"昭阳舞人"做舞衣！就这样，诗人以缭绫为题材，深刻地反映了封建社会被剥削者与剥削者之间尖锐的矛盾，讽刺的笔锋直触及君临天下、神圣不可侵犯的皇帝。其精湛的艺术技巧和深刻的思想意义，都值得重视。

这首诗也从侧面生动地反映了唐代丝织品所达到的惊人水平。"异彩奇文相隐映，转侧看花花不定"，是说从不同的角度去看缭绫，就呈现出不同的异彩奇文。

走进唐诗
咏物

夜　雪

白居易

已讶衾枕冷，复见窗户明。

夜深知雪重，时闻折竹声。

赏析

在大自然众多的产儿中，雪可谓得天独厚。她以洁白晶莹的天赋丽质，装点关山的神奇本领，赢得古往今来无数诗人的赞美。在令人目不暇接的咏雪篇章中，白居易这首《夜雪》，显得那么平凡，既没有色彩的刻画，也不作姿态的描摹，初看简直毫不起眼；但细细品味，便会发现它凝重古朴，清新淡雅，是一朵别具风采的小花。

这首诗新颖别致，首要在立意不俗。咏雪诗写夜雪的不多，这与雪本身的特点有关。雪无声无嗅，只能从颜色、形状、姿态见出分别，而在沉沉夜色里，人的视觉全然失去作用，雪的形象自然无从捕捉。然而，乐于创新的白居易正是从这一特殊情况出发，避开人们通常使用的正面描写的手法，全用侧面烘托，从而生动传神地写出一场夜雪来。

"已讶衾枕冷"，先从人的感觉写起，通过"冷"不仅点出有雪，而且暗示雪大。因为生活经验证明：初落雪时，气温不会马上下降，待到雪大，才会加重空气中的严寒。这里已感衾冷，可见落雪已多时。不仅"冷"是写雪，"讶"也是在写雪。人之所以起初浑然不觉，待寒冷袭来才忽然醒悟，皆因雪落地无声，这就于"寒"之外写出雪的又一特点。此句扣题很紧，感到"衾枕冷"正说明夜来人已拥衾而卧，从而点出是"夜雪"。"复见窗户明"，从视觉的角度进一步写夜雪。夜深却见窗明，正说明雪下得大，积得深，是积雪的强烈反光给暗夜带来了亮光。以上全用侧写，句句写人，却处处点出夜雪。

"夜深知雪重，时闻折竹声"，这里仍用侧面描写，却变换角度从听觉写出。传来的积雪压折竹枝的声音，可知雪势有增无已。诗人有意选取"折竹"这一细节，托出"重"字，别有情致。"折竹声"于"夜深"而"时闻"，显示了冬夜的寂静，更主要的是写出了诗人的彻夜无眠；这不只为了"衾枕冷"而已，同时也透露出诗人谪居江州（治今江西九江）时心情的孤寂。由于诗人是怀着真情实感抒写自己独特的感受，才使得这首《夜雪》别具一格，诗意含蓄，韵味悠长。

全诗诗境平易，浑成熨帖，无一点安排痕迹，也不假纤巧雕琢，这正是白居易诗歌固有的风格。

（张明非）

赋得古原草送别

白居易

离离原上草，一岁一枯荣。

野火烧不尽，春风吹又生。

远芳侵古道，晴翠接荒城。

又送王孙去，萋萋满别情。

此诗作于贞元三年（787），作者时年十六。诗是应考的习作。按科场考试规矩，凡指定、限定的诗题，题目前须加"赋得"二字；作法与咏物相类，须缴清题意，起承转合要分明，对仗要精工，全篇要空灵浑成，方称得体。束缚如此之严，故此体向少佳作。据载，作者这年始自江南入京，谒名士顾况时投献的诗文中即有此作。起初，顾况看着这年轻士子说："米价方贵，居亦弗易。"及读至"野火烧不尽"二句，不禁大为嗟赏，道："道得个语，居亦易矣。"并广为延誉。（见唐张固《幽闲鼓吹》）可见此诗在当时就为人称道。

命题"古原草送别"颇有意思。草与别情，似从古代的骚人写出"王孙游兮不归，春草生兮萋萋"（《楚辞·招隐士》）的名句以来，就结了缘。但要写出"古原草"的特色而兼关送别之意，尤其是要写出新意，仍是不易的。

首句即破题面"古原草"三字。多么茂盛（"离离"）的原上草啊！这话看来平常，却抓住"春草"生命力旺盛的特征，可说是从"春草生兮萋萋"脱化而不着迹，为后文开出很好的思路。野草是一年生植物，春荣秋枯，岁岁循环不已。"一岁一枯荣"意思似不过如此。两个"一"字复叠，形成咏叹，又先状出一种生生不已的情味，三、四句就水到渠成了。

"野火烧不尽，春风吹又生。"这是"枯荣"二字的发展，由概念一变而为形象的画面。古原草的特性就是具有顽强的生命力，它是斩不尽、锄不绝的，只要残存一点根须，来年会更青更长，很快蔓延原野。作者抓住这一特点，写作"野火烧不尽"，便造就一种壮烈的意境。野火燎原，烈焰可畏，瞬息间，大片枯草被烧得精光。而强调毁灭的力量，毁灭的痛苦，是为着强调再生的力量，再生的欢乐。此二句不但写出"原上草"的性格，而且写出一种从烈火中再生的理想的典型。一句写枯，一句写荣，"烧不尽"与"吹又生"是何等唱叹有味，对仗亦工致天然，故卓绝千古。

如果说这两句是承"古原草"而重在写"草"，那么五、六句则继续写"古原草"而将重点落到"古原"，以引出"送别"题意。上一联用流水对，妙在自然；而此联为的对，妙在精工，颇觉变化有致。"远芳""晴翠"都写草，而比"原上草"意象更具体、生动。芳曰"远"，古原上清香弥漫可嗅；翠曰"晴"，则绿草沐浴着阳光，秀色如见。"侵""接"二字继"又生"，更写出一种蔓延扩展之势，再一次突出那生存竞争之强者野草的形象。"古道""荒城"则扣题面"古原"极切。虽然道古城荒，青草的滋生却使古原恢复了青春。

作者并非为写"古原"而写古原，同时又安排一个送别的典型环境。"王孙"二字借自楚辞成句，泛指行者。"王孙游兮不归，春草生兮萋萋"说的是看见萋萋芳草而怀思行游未归的人。而这里却变其意而用之，写的是看见萋萋芳草而增送别的愁情，似乎每一片草叶都饱含别情。这是多么意味深长的结尾啊！诗到此点明"送别"，结清题意，关合全篇，"古原""草""送别"打成一片，意境极浑成。

全诗措语自然流畅而又工整，虽是命题作诗，却能融入深切的生活感受，故字字含真情，语语有余味；不但得体，而且别具一格，故能在"赋得体"中称为绝唱。

（周啸天）

惜 牡 丹 花①

白居易

惆怅阶前红牡丹，晚来惟有两枝残。

明朝风起应吹尽，夜惜衰红把火看。

① 《惜牡丹花》共二首，此选其一。诗人原注："一首翰林院北厅花下作。"

　　在群芳斗艳的花季里，被誉为国色天香的牡丹花总是姗姗开迟，待到她占断春光的时候，一春花事已经将到尽期。历代多愁善感的诗人，对于伤春惜花的题材总是百咏不厌。而白居易这首《惜牡丹花》却别具一格。人们向来在花落之后才知惜花，此诗一反常情，由鲜花盛开之时想到红衰香褪之日，以把火照花的新鲜立意表现了对牡丹的无限怜惜，寄寓了岁月流逝、青春难驻的深沉感慨。

　　全诗虽然只有短短的四句，但文气跌宕回环，语意层层深入。首句开门见山，点出题意。淡淡一笔，诗人的愁思，庭院的雅致，牡丹的红艳，都已历历分明。"惆怅"二字起得突兀，造成牡丹花似已开败的错觉，立即将人引入惜花的惆怅气氛之中。第二句却将语意一转，强调到晚来只有两枝残败，才知道满院牡丹花还开得正盛呢！"惟有""两枝"，语气肯定，数字确切，足见诗人赏花之细心。而惟其如此精细，才见出诗人惜花之情深。这两句自然朴质，不加雕饰，仅用跌宕起伏的语气造成一种写意的效果,通过惜花的心理描绘表现诗人黄昏时分在花下流连忘返的情景,可谓情笃而意深。

诗人从两枝残花看到了春将归去的消息,"明朝风起应吹尽",语气又是一转,从想象中进一步写出惜花之情。诗人纵有万般惜花之情,他也不能拖住春天归去的脚步,更不能阻止突如其来的风雨,这又如何是好呢?那么,趁着花儿尚未被风吹尽,夜里起来把火看花,不也等于延长了花儿的生命么?何况在摇曳的火光映照下,将要衰谢的牡丹越发红得浓艳迷人,那种美丽而令人伤感的情景又自有白天所领略不到的风味。全篇诗意几经转折,诗人怜花爱花的一片痴情已经抒发得淋漓尽致,至于花残之后的心情又如何,也就不难体味了。

白居易此诗一出,引起后人争相模仿。李商隐的《花下醉》:"客散酒醒深夜后,更持红烛赏残花。"在残花萎红中寄托人去筵空的伤感,比白诗写得更加秾丽含蓄,情调也更凄艳迷惘。而在苏东坡笔下,与高烛相对的花儿则像浓妆艳抹的美女一样娇懒动人:"只恐夜深花睡去,故烧高烛照红妆。"(《海棠》)惜花的惆怅已经消融在诗人优雅风趣的情致之中。无可否认,李商隐和苏东坡这两首诗历来更为人们所称道。但当人们陶醉在李商隐、苏东坡所创造的优美意境之中的时候,也不应当忘记白居易以烛光照亮了后人思路的功劳。

(葛晓音)

大 林 寺 桃 花

白居易

人间四月芳菲尽,山寺桃花始盛开。

长恨春归无觅处,不知转入此中来。

这首诗作于元和十二年(817)初夏,当时白居易在江州(治今江西九江)司马任上。大林寺在庐山香炉峰顶。

全诗短短四句,从内容到语言都似乎没有什么深奥、奇警的地方,只不过是把"山高地深,时节绝晚""与平地聚落不同"的景物节候,做了一番记述和描写。但细读之,就会发现这首平淡自然的小诗,却写得意境深邃,富于情趣。

诗的开首两句,是写诗人登山时已届孟夏,正属大地春归、芳菲落尽的时候了。但不期在高山古寺之中,又遇上了意想不到的春景——一片始盛的桃花。我们从紧跟后面的"长恨春归无觅处"一句可以得知,诗人在登临之前,就曾为春光的匆匆不驻而怨恨,而恼怒,而失望。因此当这始所未料的一片春景冲入眼帘时,该是使人感到多么地惊异和欣喜!在首句开头,诗人着意用了"人间"二字,这意味着这一奇遇、这一胜景,给诗人带来一种特殊的感受,即仿佛从人间的现实世界,突然步入到一个什么仙境,置身于非人间的另一世界。

正是在这一感受的触发下,诗人想象的翅膀飞腾起来了。"长恨

64

走进唐诗 咏物

春归无觅处，不知转入此中来。"他想到，自己曾因为惜春、恋春，以至怨恨春去的无情，但谁知却是错怪了春。原来春并未归去，只不过像小孩子跟人捉迷藏一样，偷偷地躲到这块地方来罢了。

这首诗中，既用桃花代替抽象的春光，把春光写得具体可感，形象美丽；而且还把春光拟人化，把春光写得仿佛真是有脚似的，可以转来躲去。不，岂止是有脚而已？你看它简直还具有顽皮惹人的性格呢！

在这首短诗中，自然界的春光被描写得是如此地生动具体，天真可爱，活灵活现，如果没有对春的无限留恋、热爱，没有诗人的一片童心，是写不出来的。这首小诗的佳处，正在立意新颖，构思灵巧，而戏语雅趣，又复启人神思，惹人喜爱，可谓唐人绝句小诗中的又一珍品。

（褚斌杰）

勤政楼①西老柳

白居易

半朽临风树，多情立马人。

开元一枝柳，长庆二年春。

---

① 勤政楼：《旧唐书·睿宗诸子让皇帝传》："玄宗于兴庆宫南置楼，西面题曰花萼相辉之楼，南面题曰勤政务本之楼。"

走进唐诗

咏物

这首五言绝句,纯由对句组成。全诗以柳写人,借景抒情。首句以"半朽"描画树,次句以"多情"形容人,结尾两句以"开元"和"长庆二年"交代时间跨度。诗人用简括的笔触勾勒了一幅临风立马图,语短情长,意境苍茫。

勤政楼西的一株柳树,是唐玄宗开元年间(713—741)所种,至穆宗长庆二年(822)已在百龄上下,其时白居易已五十一岁。以垂暮之年对半朽之树,怎能不怆然动怀呢!树"半朽",人也"半朽";人"多情",树又如何呢?在诗人眼中,物情本同人情。现在,这株临风老柳也许是出于同病相怜,为了牵挽萍水相逢的老人,才摆弄它那多情的长条吧!

诗的开始两句,把读者带到了一个物我交融、物我合一的妙境。树就是我,我就是树,既可以说多情之人是半朽的,也不妨说半朽之树是多情的。"半朽"和"多情",归根到底都是诗人的自画像,"树"和"人"都是诗人自指。这两句情景交融,彼此补充,相互渗透。寥寥十字,韵味悠长。

如果说,前两句用优美的画笔,那么,后两句则是用纯粹的史笔,作为前两句的补笔,不仅补叙了柳树的年龄,诗人自己的岁数,更重要的是把百年历史变迁、自然变化和人世沧桑隐含在内。它像画上的题款,使这样一幅充满感情而又具有纪念意义的生活小照,显得格外新颖别致。

(陈志明)

杨柳枝词①

白居易

一树春风千万枝,嫩于金色软于丝。

永丰西角荒园里,尽日无人属阿谁?

---

① 杨柳枝:唐教坊曲名。

赏析

　　此诗前两句写柳的风姿可爱,后两句发抒感慨,是一首咏物言志的七绝。

　　诗中写的是春日的垂柳。最能表现垂柳特色的,是它的枝条。首句写枝条之盛,舞姿之美。"春风千万枝",是说春风吹拂,千丝万缕的柳枝随风起舞。一树而千万枝,可见柳之繁茂。次句极写柳枝之秀色夺目,柔嫩多姿。春风和煦,柳枝绽出细叶嫩芽,望去一片嫩黄;细长的柳枝,随风飘荡,比丝缕还要柔软。"金色""丝",比譬形象,写尽早春新柳又嫩又软之娇态。这两句把垂柳之生机横溢,秀色照人,轻盈袅娜,写得极生动。

　　这样美好的一株垂柳,照理应当受到人们的赞赏,为人珍爱;但诗人笔锋一转,写的却是它荒凉冷落的处境。"西角"为背阳阴寒之地,"荒园"为无人所到之处,生长在这样的场所,垂柳再好,又有谁来一顾呢? 只好终日寂寞了。这里的孤寂落寞,同前两句所写的动人风姿,正好形成鲜明的对比;而对比越是鲜明,越是突出了感叹的强烈。

这首咏物诗,抒发了对永丰柳的痛惜之情,实际上就是对当时政治腐败、人才埋没的感慨。

此诗将咏物和寓意融在一起,不着一丝痕迹。全诗明白晓畅,有如民歌,加以描写生动传神,当时就"遍流京都"。后来宋代苏轼写《洞仙歌》词咏柳,有"永丰坊那畔,尽日无人,谁见金丝弄晴昼"之句,隐括此诗,读来仍然令人有无限低回之感,足见其艺术力量感人至深了。

（王思宇）

▶▶ **柳宗元**(773—819) 字子厚,河东解县(今山西运城西南)人,世称柳河东。贞元进士,授校书郎,调蓝田尉,升监察御史里行。因参加王叔文集团,被贬为永州司马。后迁柳州刺史,故又称柳柳州。与韩愈皆倡导古文运动,并称"韩柳",同被列入"唐宋八大家"。其诗风格清峭。有《河东先生集》。

柳州城西北隅种柑树

柳宗元

手种黄柑①二百株,春来新叶遍城隅。

方同楚客怜皇树②,不学荆州利木奴。

几岁开花闻喷雪, 何人摘实见垂珠?

若教坐待成林日, 滋味还堪养老夫。

---

① 柑:司马相如《上林赋》郭璞注:"黄甘,橘属而味精。"

② 皇树:橘树。《橘颂》:"后皇嘉树,橘徕服兮。"

赏析

　　宋代苏东坡曾说柳宗元的诗歌"外枯而中膏,似淡而实美",能做到"寄至味于淡泊"。本诗正是这样一首好诗。

　　开头泛泛写来,特别点明"手种"和株数,可见诗人对柑树的喜爱和重视。次句用"新"来形容柑叶的嫩绿,用"遍"来形容柑叶的繁盛,不仅状物候时态,融和骀荡,如在目前,而且把诗人逐树观赏、遍览城隅的兴致暗暗点出。

为什么对柑橘树怀有如此深情呢？原来他爱柑橘是因为读"楚客"屈原的《橘颂》引起了雅兴，而不是像三国时丹阳太守李衡那样，想通过种橘来发家致富，给子孙留点财产。心交古贤，寄情橘树，悠然自得，不慕荣利，诗人的心地是多么淡泊！然而透过外表的淡泊，正可以窥见诗人内心的波澜。今天自己秉德无私，却远谪炎荒，此情此心，对谁可表？只有这些不会说话的柑橘树，才是自己的知音。这一联的对偶用反对而不用正对，读来令人感到深文蕴蔚，余味曲包。

接着，诗人从幼小的柑树，遥想到它开花结实："几岁开花闻喷雪，何人摘实见垂珠？""几岁""何人"都上承"怜"字而来。"怜"之深，所以望之切。由于柑树已经成了诗人身边惟一的知音，所以愈写他对于柑树的怜深望切，就愈能表现出他的高情逸致，表现出他在尽力忘怀世情。这一联用"喷雪"形容柑树开花，下一个"闻"字，把"喷雪"奇观与柑橘花飘香一笔写出，渲染出一种热闹的气氛；用"垂珠"形容累累硕果，展现了一个充满希望的前景。但这毕竟出于想象。从想象回到现实，热闹的气氛恰恰反衬出眼前的孤寂。他不禁发问：难道自己真的要在这里待到柑橘开花结果的一天吗？

尾联本可以顺势直道胸臆，抒发感慨，然而诗人仍以平缓的语调故作达观语："若教坐待成林日，滋味还堪养老夫。"将来能够亲眼看到柑橘长大成林，有朝一日能以自己亲手种出的柑橘来养老，这何尝不是一种乐趣呢？然而，"坐待成林"对一个胸有块垒之气的志士来说，究竟是什么"滋味"，读者是不难理解的。

应该说，这首诗的整个语调都是平缓的，而在平缓的语调后面，却隐藏着诗人一颗不平静的心。这是形成"外枯中膏，似淡而实美"的艺术风格的重要原因。其妙处，借用宋代欧阳修的话来说，叫做："初如食橄榄，真味久愈在。"玩赏诵吟，越发使人觉得韵味深厚。

（吴汝煜）

裴给事[1]宅白牡丹

无名氏

长安豪贵惜春残，争赏街西紫牡丹。

别有玉盘承露冷，无人起就月中看。

---

[1] 裴给事：即裴潾(？—838?)，闻喜(今属山西)人。元和初以荫仕，官起居舍人，开成中终兵部侍郎。

赏析

在唐代，观赏牡丹成为富贵人家的一种习俗。据唐李肇《唐国史补》记载："京城贵游尚牡丹三十余年矣，每春暮，车马若狂，以不耽玩为耻。"中唐诗人刘禹锡也有诗为证："唯有牡丹真国色，花开时节动京城"(《赏牡丹》)。

当时，牡丹价格十分昂贵，竟至"一本有直数万者"(亦见《唐国史补》)。牡丹中又以大红大紫为贵，白色牡丹不受重视。无名氏这首诗的前两句便形象而概括地写出了唐代的这种风习。

"长安豪贵惜春残，争赏街西紫牡丹。"唐代京城长安有一条朱雀门大街将长安分为东西两半。街西属长安县，每到牡丹盛开季节，但见车水马龙，观者如堵，游人如云。选择"长安""街西"作为描写牡丹的背景，自然最为典型。作者描写牡丹花开时的盛景，只用"春残"二字点出季节，因为牡丹盛开恰在春暮。作者没有对紫牡丹的形象做任何点染，单从"豪贵"对它的态度着笔。豪贵们耽于逸乐，对牡丹趋之若鹜。以争赏之众，衬花开之盛。

以上使用侧面描写，着意渲染了紫牡丹的名贵。为后面展开对白牡丹的描写作了有力的铺垫。"别有玉盘承露冷，无人起就月中看。"一个"别"字，引出了迥然不同的另一番景象。玉盘，冷露，月白，风清，再加上寂静无人的空园，与上两句描写的情景形成鲜明对比。"玉盘"，形容盛开的白牡丹，生动贴切。月夜的衬托和冷露的点缀，更增加了白牡丹形象的丰满。作者正是通过对紫牡丹和白牡丹的对照描写，不加一句褒贬，不作任何说明，而寓意自显。诗人对白牡丹的赞美和对它处境的同情，寄托了对人生的感慨。末句"无人起就月中看"之"无人"，承上面豪贵而言。豪贵争赏紫牡丹，而"无人"看裴给事宅的白牡丹，即言裴给事之高洁，朝中竟无人赏识。

短短的一首七绝，可谓含意丰富，旨趣遥深。可以说，在姹紫嫣红的牡丹诗群里，这首诗本身就是一朵姣美幽雅、盈盈带露的白牡丹花。

（张明非）

▶▶ **元稹**(779—831) 字微之,河南(府治今河南洛阳)人,居京兆万年(今陕西西安)。早年家贫。举贞元九年明经科、十九年书判拔萃科,曾任监察御史。因得罪宦官及守旧官僚,遭到贬斥。后官至同中书门下平章事。以暴疾卒于武昌军节度使任所。与白居易友善,常相唱和,世称"元白"。有《元氏长庆集》。

菊　花

元　稹

秋丛绕舍似陶家,遍绕篱边日渐斜。

不是花中偏爱菊,此花开尽更无花。

赏析

　　菊花,不像牡丹那样富丽,也没有兰花那样名贵,但作为傲霜之花,它一直受人偏爱。有人赞美它坚强的品格,有人欣赏它高洁的气质,而元稹的这首咏菊诗,则别出新意地道出了他爱菊的原因。

　　咏菊,诗人既没列举"金钩挂月"之类的形容词,也未描绘争芳斗艳的景象,而是用了一个比喻——"秋丛绕舍似陶家":一丛丛菊花围绕着房屋开放,好似到了陶渊明的家。秋丛,即丛丛的秋菊。东晋陶渊明最爱菊,家中遍植菊花。"采菊东篱下,悠然见南山"(《饮酒》),是他的名句。这里将植菊的地方比作"陶家",秋菊满院盛开的景象便不难想象。如此美好的菊景怎能不令人陶醉?故诗人"遍绕篱边日渐斜",完全被眼前的菊花所吸引,专心致志地绕篱观赏,以至于太阳西斜都不知道。"遍绕""日斜",把诗人赏菊入迷,流连忘返的情景真切地表现出来,渲染了爱菊的气氛。

　　诗人为什么如此着迷地偏爱菊花呢?三、四两句说明喜爱菊花的原因:"不是花中偏爱菊,此花开尽更无花。"菊花在百花之中是最后凋谢的,一旦菊花谢尽,便无花景可赏,人们爱花之情自然都集中到菊花上来。因此,作为后凋者,它得天独厚地受人珍爱。诗人从菊花在四季中谢得最晚这一自然现象,引出深微的道理,回答了爱菊的原因,表达了诗人特殊的爱菊之情。其中,当然也含有对菊花历尽风霜而后凋的坚贞品格的赞美。

　　这首诗从咏菊这一平常的题材,发掘出不平常的诗意,给人以新的启发,显得新颖自然,不落俗套。在写作上,笔法也很巧妙。前两句写赏菊的实景,渲染爱菊的气氛作为铺垫;第三句是过渡,笔锋一顿,跌宕有致,最后吟出生花妙句,进一步开拓美的境界,增强了这首小诗的艺术感染力。

(阎昭典)

诗 / 人 / 小 / 传

▶▶ **李贺**（790—816） 字长吉,福昌(今河南宜阳西)人。唐皇室远支,家世早已没落,生活困顿。曾官奉礼郎。因避家讳,被迫不得应进士科考试。早岁即工诗,见知于韩愈、皇甫湜,并和沈亚之交善,死时仅二十七岁。其诗表现出自己政治上不得志的悲愤,对各种社会现实问题也有所讽刺、揭露。善于熔铸词采,驰骋想象,运用神话传说,创造出新奇瑰丽的诗境。有些作品情调阴郁低沉,语言过于雕琢。有《昌谷集》。

李凭箜篌引

李 贺

吴丝蜀桐张高秋， 空山①凝云颓不流。
江娥②啼竹素女愁，李凭中国③弹箜篌。
昆山玉碎凤凰叫， 芙蓉泣露香兰笑。
十二门④前融冷光，二十三丝⑤动紫皇。
女娲炼石补天处， 石破天惊逗秋雨。
梦入神山教神妪⑥，老鱼跳波瘦蛟舞。
吴质⑦不眠倚桂树，露脚斜飞湿寒兔。

---

① 空山:宋本作"空白"。
② 江娥:即"湘娥",亦称"湘妃""湘夫人",传说为舜之二妃。素女:传为古之乐伎,善于鼓瑟。
③ 中国:即国中,此指京城长安。
④ 十二门:据《三辅黄图》,长安城共四面,每面三门,合计十二门。
⑤ 二十三丝:代指箜篌。箜篌有多种,有种名叫竖箜篌,"体曲而长,二十有三弦"(《通典》)。
⑥ 神妪:传说中善弹箜篌的仙人。
⑦ 吴质:即吴刚。

此诗大约作于元和六年(811)至元和八年,当时,李贺在京城长安,任奉礼郎。李凭是梨园弟子,因善弹箜篌,名噪一时。他的精湛技艺,受到诗人们的热情赞赏。李贺此篇想象丰富,设色瑰丽,艺术感染力很强。

诗的起句开门见山。"吴丝蜀桐"写箜篌构造精良,借以衬托演奏者技艺的高超,写物亦即写人,收到一箭双雕的功效。二、三两句诗人故意避开无形无色、难以捉摸的箜篌声,从"空山凝云"之类落笔,以实写虚,亦真亦幻,极富表现力。优美悦耳的弦歌声一经传出,空旷山野上的浮云便颓然为之凝滞,仿佛在俯首谛听;善于鼓瑟的湘娥与素女,也被这乐声触动了愁怀,潸然泪下。"空山"句移情于物,把云写成具有人的听觉功能和思想感情,和下面的"江娥"句互相配合,互相补充,极力烘托箜篌声神奇美妙,具有"惊天地,泣鬼神"的魅力。第四句"李凭中国弹箜篌",用"赋"笔点出演奏者的名姓,并且交代了演奏的地点。前四句,诗人精心安排,先写琴,写声,然后写人,时间和地点一前一后,穿插其中。这样,突出了乐声,有着先声夺人的艺术力量。

五、六两句正面写乐声,而又各具特色。"昆山"句是以声写声,着重表现乐声的起伏多变;"芙蓉"句则是以形写声,刻意渲染乐声的优美动听。"昆山玉碎凤凰叫",那箜篌,时而众弦齐鸣,嘈嘈杂杂,仿佛玉碎山崩,令人不遑分辨;时而又一弦独响,宛如凤凰鸣叫,声振林木,响遏行云。"芙蓉泣露香兰笑",构思奇特。诗人用"芙蓉泣露"摹写琴声的悲抑,而以"香兰笑"显示琴声的欢快,不仅可以耳闻,而且可以目睹。这种表现方法,真有形神兼备之妙。

从第七句起到篇终,都是写音响效果。先写近处,长安十二道城门前的冷气寒光,全被箜篌声所消融。虽然用语浪漫夸张,表达的却是一种真情实感。"紫皇"是双关语,兼指天帝和当时的皇帝。诗人不用"君王"而用"紫皇",是一种巧妙的过渡手法,承上启下,比较自然地把诗歌的意境由人寰扩大到仙府。以下六句,诗人凭借想象的翅膀,飞向天庭,飞上神山,把读者带进更为辽阔深广、神奇瑰丽的境界。乐声传到天上,正在补天的女娲听得入了迷,竟然忘记了自己的职守,结果石破天惊,秋雨倾泻。这种想象是何等大胆超奇,出人意料,而又感人肺腑。

第六联,诗人又从天庭描写到神山。那美妙绝伦的乐声传入神山,令神妪也为之感动不已;乐声感物至深,致使"老鱼跳波瘦蛟舞"。老鱼和瘦蛟本来羸弱乏力,行动艰难,现在竟然伴随着音乐的旋律腾跃起舞,这种出其不意的形象描写,使那无形美妙的箜篌声浮雕般地呈现在读者的眼前了。

以上八句以形写声,摄取的多是运动着的物象,它们联翩而至,新奇瑰丽,令人目不暇接。结末两句改用静物,作进一步烘托:吴刚倚着桂树,久久地立在那儿,竟忘了睡眠;玉兔蹲伏一旁,任凭深夜的露水落在身上,也不肯离去。这些优美形象,深深印在读者心中,就像皎洁的月亮投影于水,显得幽深渺远,逗人情思,发人联想。

这首诗的最大特点是想象奇特,形象鲜明,充满浪漫主义色彩。诗人致力于把自己对于箜篌声的抽象感觉、感情与思想借助联想转化成具体的物象,使之可见可感。诗歌没有对李凭的技艺作直接的评判,也没有直接描述诗人的自我感受,有的只是对于乐声及其效果的摹绘。然而纵观全篇,又无处不寄托着诗人的情思,曲折而又明朗地表达了他对乐曲的感受和评价。这就使外在的物象和内在的情思融为一体,构成可以悦目赏心的艺术境界。

(朱世英)

金铜仙人辞汉歌 _{并序}

李 贺

　　魏明帝青龙元年八月①，诏宫官牵车西取汉孝武捧露盘仙人，欲立置前殿。宫官既拆盘，仙人临载，乃潸然泪下。唐诸王孙李长吉②遂作《金铜仙人辞汉歌》。

茂陵刘郎秋风客，　夜闻马嘶晓无迹。

画栏桂树悬秋香，　三十六宫土花碧。

魏官牵车指千里，　东关酸风射眸子。

空将汉月出宫门，　忆君清泪如铅水。

衰兰送客咸阳道③，　天若有情天亦老。

携盘独出月荒凉，　渭城已远波声小。

---

① 一本作"青龙九年"，皆误。据南朝宋裴松之《三国志》注引《魏略》，青龙五年三月改为景初元年四月，"是岁，徙长安诸钟簴、骆驼、铜人、承露盘"。
② 李贺是唐宗室郑王之后，故自称"唐诸王孙"。
③ 咸阳：秦都城名，汉改为渭城县，离长安不远。咸阳道：此指长安城外的道路。

赏析

　　据近人朱自清《李贺年谱》推测这首诗大约是元和八年（813），李贺因病辞去奉礼郎职务，由京赴洛，途中所作。其时，诗人"百感交并，故作非非想，寄其悲于金铜仙人耳"。

诗中的金铜仙人临去时"潸然泪下"表达的主要是亡国之恸。此诗写作时间距唐王朝的覆灭（907）尚有九十余年，诗人何以产生兴亡之感呢？这要联系当时的社会状况以及诗人的境遇来理解、体味。自从天宝末年爆发安史之乱以后，唐王朝一蹶不振。国土沦丧，疮痍满目，民不聊生。诗人那"唐诸王孙"的贵族之家也早已没落衰微。面对这严酷的现实，诗人急盼着建立功业，重振国威，同时光耀门楣；却不料进京以后，到处碰壁，仕进无望，报国无门，最后不得不含愤离去。《金铜仙人辞汉歌》所抒发的正是这样一种交织着家国之痛和身世之悲的凝重感情。

诗大体可分成三个部分。前四句慨叹韶华易逝，人生难久。汉武帝尽管他在世时威风无比，称得上是一代天骄，可是，"夜闻马嘶晓无迹"，在无穷无尽的历史长河里，他不过是偶然一现的泡影而已。诗中直呼汉武帝为"刘郎"，表现了李贺傲兀不羁的性格和不受封建等级观念束缚的可贵精神。

"夜闻"句承上启下，用夸张的手法显示生命短暂，世事无常。汉武帝在世时，宫殿内外，车马喧阗。如今物是人非，桂树依旧花繁叶茂、香气飘逸，三十六宫却早空空如也，荒凉冷落的面貌令人目不忍睹。

以上所写是金铜仙人的"观感"。金铜仙人是汉武帝建造的，矗立在神明台上，异常雄伟。东晋《汉晋春秋》说："帝徙盘，盘拆，声闻数十里，金狄（即铜人）或泣，因留霸城。"李贺将"金狄或泣"的神奇传说加以发挥，并在金铜仙人身上注入自己的思想感情。这样，物和人，历史和现实便融为一体，从而幻化出美丽动人的艺术境界来。

中间四句用拟人法写金铜仙人初离汉宫时的凄婉情态。金铜仙人是刘汉王朝由昌盛到衰亡的"见证人"，眼前发生的沧桑巨变早已使他感慨万端，神惨色凄。而今自己又被魏官强行拆离汉宫，此时此刻,兴亡的感触和离别的情怀一齐涌上心头。"魏官"二句,从客观上烘托金铜仙人依依不忍离去的心情。"东关"句言气候恶劣。此时关东霜风凄紧,直射眸子,不仅眼为之"酸",亦且心为之"酸"。句中"酸""射"二字,新奇巧妙而又浑厚凝重。通过金铜仙人的主观感受,把彼时彼地风的尖利、寒冷、惨烈等情形,生动地显现出来。

诗人时而正面摹写铜人的神态,时而又从侧面落笔,两种手法交互运用,使诗意开阔动荡,变幻多姿,而又始终围绕着一个"愁"字,于参差中见整饬,色调统一,题旨鲜明。金铜仙人亲身感受过武帝的爱抚,亲眼看到过当日繁荣昌盛的景象。而今坐在魏官牵引的车子上,渐行渐远,眼前熟悉而又荒凉的宫殿即将隐匿不见,抚今忆昔,不禁潸然泪下。句中"泪如铅水",比喻奇妙非凡,绘声绘色地写出了金铜仙人当时悲痛的形容——泪水涔涔,落地有声。这种感怀旧事、恨别伤离的神情与人无异,是"人性"的表现;而"铅水"一词又与铜人的身份相适应,婉曲地显示了他的"物性"。这些巧妙的表现手法,成功地塑造出金铜仙人这样一个物而人、物而神,独一无二,奇特而又生动的艺术形象来。

末四句写出城后途中的情景。此番离去,正值月冷风凄,城外一样呈现出一派萧瑟悲凉的景象。这时送客的惟有路边的"衰兰",而同行的旧时相识也只有手中的承露盘而已。兰花之所以衰枯,不只因为秋风肃杀,对它无情摧残,更是愁苦的情怀直接造成。这里用衰兰的愁映衬金铜仙人的愁,亦即作者本人的愁,表达更加婉曲,也更为新奇。

兰花的衰枯是情使之然。凡是有情之物都会衰老枯谢。"天若有情天亦老"这一句设想奇伟,宋司马光称为"奇绝无对"。它有力地烘托了金铜仙人(实即作者自己)艰难的处境和凄苦的情怀,意境辽阔高远,感情执着深沉,真是千古名句。

尾联进一步描述金铜仙人恨别伤离的情绪。他不忍离去,却又不得不离去,望着天空中荒凉的月色,听着那越来越小的渭水流淌声,心里有种说不出来的滋味。"渭城"句借助于事物的声音和形态,委婉而深沉地表现出金铜仙人"思悠悠,恨悠悠"的离别情怀,而这正是当日诗人在仕进无望、被迫离开长安时的心境。

这首诗设想奇创,而又深沉感人;形象鲜明,而又变幻多姿。怨愤之情溢于言外,却并无怒目圆睁、气峻难平的表现。遣词造句奇峭而又妥帖,刚柔相济,恨爱互生,参差错落而又整饬绵密。这确是一首既有独特风格而又诸美同臻的诗作。

(朱世英)

马诗二十三首(其四)

李 贺

此马非凡马,房星本是星。

向前敲瘦骨,犹自带铜声。

这首诗写马的素质好,但遭遇不好。用拟物的手法写人,写自己,是一种"借题发挥"的婉曲写法。

首句开门见山,直言本意,肯定并且强调诗歌所表现的是一匹非同寻常的好马。次句"房星本是星",乍看起来像是重复第一句的意思。"房星"指马,句谓房星原是天上的星宿,也就是说这匹马本不是尘世间的凡物。诗只四句,首句平平,次句又作了一次重复,但如细细咀嚼,便会发现第二句别有新意,只是意在言外,比较隐晦曲折。《晋书·天文志》中有这样一段话:"房四星,亦曰天驷,为天马,主车驾。房星明,则王者明。"它把"房星"和"王者"直接联系起来,就是说马的处境如何与王者的明暗、国家的治乱息息相关。既然马的素质好遭遇不好,那么,王者不明,政事不理的状况就不言而喻了。这是一种"渗透法",通过曲折引申,使它所表达的实际意义远远超过字面的含义。

三、四句写马的形态和素质。它们绘声绘影,完全借助形象表情达意。"瘦骨"写形,表现马的处境;"铜声"写质,反映马的素质。在常人的眼里,它不过是匹筋疲力尽的凡马,只有真正爱马并且善于相马的人,才不把它当作凡马看待。尽管它境遇恶劣,被折腾得不成样子,却仍然骨带铜声。"铜声"二字,读来浑厚凝重,有立体感。它所包含的意思也很丰富:铜声悦耳,表明器质精良,从而生动地显示了这匹马骨力坚劲的美好素质,使内在的东西外现为可闻、可见、可感、可知的物象。诗人形象化技法之高妙,可说已达到炉火纯青的程度。尤其可贵的是,诗人通过写马,创造出物我两契的深远意境。

诗人怀才不遇,景况凄凉,恰似这匹瘦马。他写马,不过是婉曲地表达出郁积心中的怨愤之情。

（朱世英）

马诗二十三首(其二十三)

李 贺

武帝爱神仙,烧金得紫烟。

厩中皆肉马,不解上青天。

赏析

　　这是一首耐人玩味的讽刺小品。诗人借古喻今,用诙谐、辛辣的笔墨表现严肃、深刻的主题。

　　前二句写汉武帝炼丹求仙的事。武帝一心想长生不老,命方士炼丹砂为黄金以服食,耗费了大量钱财。结果怎样呢? 所得的不过是一缕紫烟而已。"得"字,看似平常,却极有分量,对炼丹求仙的荒诞行径作了无情的鞭挞和辛辣的嘲讽,深得"一字褒贬"之妙。

　　后两句写马,紧扣诗题。"厩中皆肉马,不解上青天",迫切希望能飞升成仙的汉武帝,不豢养能够"拂云飞"、"捉飘风"(形容马奔跑起来轻捷如飞,可以追风逐云。语出《马诗二十三首》其十五、十六)的天马,而让不中用的"肉马"充斥马厩。用"肉马"形容马平庸低劣,非常精当。由于是"御马",吃住条件优越,一个个喂得肥大笨重。这样的马在地面上奔跑都有困难,怎么可以骑着它上天呢! 这两句寓意颇深,除暗示武帝求天马上青天的迷梦破灭外,还隐喻当时有才有识之士被弃置不用,而平庸无能之辈,一个个受到拔擢,窃据高位,挤满朝廷。试问:依靠这些人怎么可能使国家蒸蒸日上,实现清明的政治理想?

此诗集中地讽刺了当时最高统治者迷信昏庸,所用非人,颖锋内藏,含蕴丰富,而又出之以"嬉笑",读来使人感到轻松爽快,这在李贺作品中是很少见的。

(朱世英)

罗浮山人与葛篇①

李 贺

依依宜织江雨空, 雨中六月兰台风②。
博罗老仙③时出洞,千岁石床啼鬼工。
蛇毒浓凝洞堂湿, 江鱼不食衔沙立。
欲剪湘中一尺天, 吴娥莫道吴刀涩。

---

① 罗浮:山名。山在今广东省增城、博罗二县境。山人:隐居山林的人。
② 兰台风:指使人感到舒畅的风。
③ 博罗老仙:即罗浮山人。因山在博罗县,故称。

赏析

诗歌称颂罗浮山人所织的葛布精细光洁,巧夺天工。

开头二句,"江雨"谓织葛的经线,光丽纤长,空明疏朗,比喻得出奇入妙;"依依"形容雨线排列得整齐贴近,所以"宜织"。"织"字把罗浮山人同葛联系起来,紧扣诗题。次句则以"六月兰台风"写出葛布的疏薄凉爽。"雨中"二字承上句，再一次点明以"江雨"喻葛之意。这种绮丽而离奇的想象，正是李贺诗的本色。

三、四句运用对比手法，进一步烘托罗浮山人织葛的技术高明。"博罗老仙时出洞"，山人不时走出洞来，把织成的葛布拿给前来求取的人。暗示他织得快，织得好，葛布刚刚断匹就被人拿走，颇有供不应求之势。下句"千岁石床啼鬼工"就是由此引起的反响。"石床"这里指代山人所用织机。"千岁"，表明时间之久，也暗示功夫之深。

五、六两句描述天气炎热，为末二句剪葛为衣作铺垫。诗人写暑热，别出心裁地选择了洞蛇和江鱼。洞里的蛇、江里的鱼热得无法容身，其他地方就可想而知了。这里，诗人奇特的想象和惊人的艺术表现力，可真有鬼斧神工之妙。

酷热的天气，使人想起葛布，想起那穿在身上产生凉爽舒适感觉的葛衣。尤其希望能够得到罗浮山人所织的那种细软光洁如"江雨空"，凉爽舒适如"兰台风"的葛布。要是用这种葛布裁制一件衣服穿在身上该有多好！"欲剪湘中一尺天"，与开头二句遥相呼应，"湘中一尺天"显然指的是犹如湘水碧波一般柔软光洁的葛布。末句诗人不写吴娥如何裁剪葛布，如何缝制葛衣，而是劝说吴娥"莫道吴刀涩"。一个"涩"字蕴意极为精妙。面对这样精细光滑的葛布，吴娥不忍下手裁剪，便推说"吴刀涩"。这一曲笔，比直说刀剪快，诗意显得更加回荡多姿、含蓄隽永了。

李贺一生从未到过博罗一带，这首诗的题材可能是虚构的，也可能是根据传闻加工而成的。诗从头到尾紧扣主题。开头写织葛，结尾写裁葛，都围绕一个中心，那就是表现葛布质地优良，称颂织葛的罗浮山人技艺高超。诗人涉想奇绝，笔姿多变，运意构思，都显示出特有的"虚荒诞幻"的艺术特色。

（朱世英）

杨生青花紫石砚歌

李 贺

端州石工巧如神，踏天磨刀割紫云。

傭刓抱水含满唇，暗洒苌弘冷血痕。

纱帷昼暖墨花春，轻沤漂沫松麝薰。

干腻薄重立脚匀，数寸光秋无日昏。

圆毫促点声静新：——孔砚宽硕何足云！

赏析

　　一块紫色而带青花的端州（治今广东肇庆）石砚，何以如此获得李贺的赞赏？原来端砚唐代已享盛名，以紫色者尤为世所重。青花，即砚上的"鸲鹆眼"，本是石上的一处青筋，可说是石病，但偏偏为人宝视。现在杨生正有这么一块青花紫石砚，无怪乎李贺要欣然命笔，一气写下这首笔饱墨酣的赞美诗了。

　　诗一开头，就把赞辞献给青花紫石砚的采制者端州石工，称他们"巧"技赛过"神"功。接着，用神奇的彩笔描绘采石工人的劳动。唐代开采端砚石在岩穴之下、浸淋之中操作。可见"踏天磨刀割紫云"一句中的"踏天"，不是登高山，而是下洞底，踏的是水中天。开石用锤凿，李贺既以石为"云"，自然就说用"刀割"了。"天"而可"踏"，"云"而可"割"，把端州石工的劳动写"神"了。

"傭刓抱水含满唇","傭（yōng）"是说把石块磨治整齐,"刓（wán）"是说在石面上雕刻成型。"唇"是砚唇,盛水处。此句写磨制雕刻石砚,极言工技之精。

"暗洒苌弘冷血痕",写紫石砚上的青花。人们所重,即此紫石中隐含有聚散的青花。《庄子·外物》:"苌弘死于蜀,藏其血,三年而化为碧。"这里以"苌弘冷血痕"形容砚上青花。青花在水中才显出它的美,故前句用"抱水",此用"暗洒"二字,言"苌弘冷血痕"般的青花。

"纱帷昼暖墨花春,轻沤漂沫松麝薰",写置砚于书斋之中,试墨于日暖之候。试墨时轻磨几下,已墨香盈室。此似写墨之佳,而实则写砚之佳,容易"发墨"。

"干腻薄重立脚匀",仍是写砚。砚以"扣之无声""磨墨无声"为佳。这块砚,石质干（不渗水）而腻（细润）,砚体薄（平扁）而重（坚实稳重）,砚品极佳。故磨墨时,砚脚紧贴案上,不侧不倚,磨墨其上,平稳匀称。

"数寸光秋无日昏",写墨的色泽皎洁如秋阳之镜,明净无纤毫昏翳。"圆毫促点声静新",是说笔舔墨圆润饱满,砚不伤毫,驱使点画,纸上微有细静清新之声,盖非言砚有声也。此句由墨写到笔,但还是归结到砚之美。

以上对青花紫石砚赞词已足,而意犹未尽,乃天外忽来一句——"孔砚宽硕何足云"。孔子出生地为尼山,好事者取尼山石为砚,然尼山砚实不堪用,徒有其名,故李贺结语谓"何足云",与起句"端州石工巧如神"意思暗对。一起一结,似无意,实有意。

通篇写砚:砚质,砚色,砚型,砚体,砚品,砚德。而砚之为用,又离不开墨、笔、纸,尤其是墨,故亦涉及。它们虽作陪客,却借这几位嘉宾来衬出了主人之美。全诗一句接一句,一路不停,络绎而下,如垂缨络,字句精练,语言跳跃,无一费辞,无一涩笔。若非谙熟砚中三昧,绝难有此酣畅淋漓、妥切中肯之歌。

（陈迤冬）

官　街　鼓

李　贺

晓声隆隆催转日，暮声隆隆呼月出。

汉城黄柳映新帘，柏陵飞燕埋香骨。

磓碎千年日长白，孝武秦皇听不得。

从君翠发芦花色，独共南山守中国。

几回天上葬神仙，漏声相将无断绝。

　　"官街鼓"又称"咚咚鼓"，是唐制一种报时信号。李贺创造了"官街鼓"这样一个艺术形象。主旨惊痛时光的流逝。官街鼓是时间的象征，那贯串始终的鼓点，正像是时光永不留驻的脚步声。

　　诗一开始就描绘出一幅离奇的画面：宏观宇宙，日月跳丸，循环不已；画外传来咚咚不绝的鼓声。这样的描述，既夸张，又富于奇特的想象。一、二句描述鼓声，展示了日月不停运转的惊人图景；三、四句转入人间图景的描绘：宫墙内，春天的柳枝刚由枯转荣，吐出鹅黄的嫩芽，宫中却传出美人死去的消息。这样，官街鼓给读者的印象就十分惊心动魄了。五、六句用对比手法再写鼓声：千年人事灰飞烟灭，就像是被鼓点"碰碎"，而"日长白"——宇宙却永恒存在。可秦皇汉武再也听不到鼓声了，与永恒的时光比较，他们的生命多么短促可悲！这里专提"孝武（即汉武帝）秦皇"，是因为这两位皇帝都曾追求长生，然而他们未遂心愿，不免在鼓声中消灭。值得玩味的是，官街鼓乃唐制，本不关秦汉，而诗中却把鼓声写得自古已有之，而且永不消逝。可见诗人的用心，并非在讴咏官街鼓本身，而是着眼于这个艺术形象所象征的事物——那永恒的时光、不停的逝川。七、八两句分咏人生和官街鼓，再一次对比，分咏两个对立面。"君"字乃泛指世人，可以包含"孝武秦皇"，却未必专指二帝。通过两次对比，进一步突出了人生有限与时间无限的矛盾之不可克服。最后两句突发异想道：天上的神仙也不免一死，不死的只有官街鼓。它的鼓声与漏声相继不断万古长存。最后神仙难逃一死的想象不但翻空出奇，而且闪烁着诗人对世界、对人生的深沉慨叹和真知灼见。

《官街鼓》反复地、淋漓尽致地刻画和渲染生命有涯、时光无限的矛盾，从李贺生平及其全部诗歌看，他慨叹人生短促，时光易逝，其中应含有"志士惜日短"的成分。他怀才不遇，眼看生命虚掷，不免对此特别敏感，特别痛心。此诗艺术上的一个显著特色是，通过异常活跃的想象，把抽象的时间和报时的鼓点发生联想，巧妙地创造出"官街鼓"这样一个象征的艺术形象。赋无形以有形，化无声为有声，让读者通过形象的画面，在强烈的审美活动中深深体味到诗人的思想感情。

（周啸天）

▶ **刘叉** 自称彭城子。性刚直任侠。曾为韩愈门客。后归齐、鲁，不知所终。其诗风格犷放，能突破传统格式，但也有险怪、晦涩之病。有《刘叉诗集》。《全唐诗》存其诗二十七首。

冰　柱

刘　叉

师干久不息，农为兵兮民重嗟。

骚然县宇①，土崩水溃，畹中无熟谷，垄上无桑麻。

王春判序②，百卉茁甲含葩。

有客避兵奔游僻，跋履险阨至三巴。

貂裘蒙茸已敝缕，鬖发蓬舥③。

雀惊鼠伏，宁遑安处，独卧旅舍无好梦，更堪走风沙！

天人一夜剪瑛琭④，诘旦都成六出花。

南亩未盈尺，纤片乱舞空纷挐。

旋落旋逐朝暾化，檐间冰柱若削出交加。

或低或昂，小大莹洁，随势无等差。

始疑玉龙下界来人世，齐向茅檐布爪牙。

又疑汉高帝，西方来斩蛇。

人不识，谁为当风杖莫邪。

铿锵冰有韵，的皪玉无暇。

不为四时雨，徒于道路成泥柤⑤。

不为九江浪，徒为汩没天之涯。

不为双井水，满瓯泛泛烹春茶。

不为中山浆⑥，清新馥鼻盈百车。

不为池与沼，养鱼种芰成霪霪；

不为醴泉与甘露，使名异瑞世俗夸。

特禀朝沕气，洁然自许靡间其迄遐。

森然气结一千里，滴沥声沉十万家。

明也虽小，暗之大不可遮。

勿被曲瓦，直下不能抑群邪。

奈何时逼，不得时在我梦中，倏然漂去无余夥⑦。

自是成毁任天理，天于此物岂宜有忒赊。

反令井蛙壁虫变容易，背人缩首竞呀呀。

我愿天子回造化，藏之韫椟玩之生光华。

---

① 县宇：指全国。
② 序：时序，季节。
③ 舥(pā)：联舟为桥叫舥。此处形容鬓发蓬乱之状。
④ 瑛璙：瑛，玉光；璙，玉貌。此处皆作"玉"解。
⑤ 柤(zhā)：木栏杆。
⑥ 中山浆：中山，地名，今河北定县地。浆，酒。传说古时中山人狄希能造千日酒，饮之千日始醒。见《搜神记》。
⑦ 夥："些"的异体字，"少"的意思。

走进唐诗
咏物

从唐德宗贞元末到宪宗元和时期，以韩愈为首的一派诗人，一反大历以来圆熟浮丽的诗风，走上险怪幽僻一路。刘叉也是这一诗派的著名人物，以《冰柱》《雪车》二诗为最有名，而《冰柱》诗尤奇谲奔放，寄托遥深，为后世所称扬。

全诗可分为三段。

从首句到"更堪走风沙"为第一段。在这一段里，诗人首先揭露了当时的社会现实：干戈不息，民不聊生。反映了当时因战祸连绵而造成的田园荒芜景象。诗人为了躲避兵灾，逃向四川旅途是艰辛的，漫长的，写旅途中的狼狈情景，为下文借写冰柱抒发感喟作了铺垫。

从"天人一夜剪瑛琭"到"直下不能抑群邪"为第二段，是全诗的主要部分，描绘了冰柱的奇丽景色。一夜大雪后，房檐间的冰柱垂挂下来，晶莹洁白，玉色琼辉。它不是冰柱，而是天上玉龙的爪牙，是汉高帝的斩蛇宝剑！这两个奇特的比喻，不仅写出了冰柱的风神，还为下文写它的不为世用张势。接下来一大段的描绘，句句是在写冰柱，却句句关合到诗人自己。诗人怀才不遇的激愤之情、刚傲不羁的性格，全面地显示了出来。

从"奈何时逼"到末句为第三段，写冰柱消失以后的感慨。这一段拿易消失的冰柱和易繁衍的蛙虫对比，揭示出当时政治上的小人横行、贤士在野的情况。最后两句是画龙点睛，点出了诗的主题，就是说只要皇帝能重用贤士，排斥奸邪，就能消弭战祸，天下太平。

这首诗在艺术上很有特色，以冰柱入诗，题材新奇。更奇的是把冰柱拟人化，句句是写冰柱，也是句句在表露自己的怀才不遇。他用玉龙的爪牙、刘邦的斩蛇宝剑来比喻冰柱，贴切而新鲜，为修辞手法创一特例。就诗体来说,这首诗句子长短不一,抒写较自由,适宜于表现较复杂的思想感情。用这种诗体,不可避免的是多议论、散文化,显得奇谲奔放。本诗在抒写中一气贯下,纵横自如,在描绘冰柱一段,连用了六个"不为"排句,气势浩荡,郁结于胸中的不平之气,喷薄而出。这些句式的变化是和感情的起伏跌宕密切相连的,句子或长或短,或对仗,或散行,显示出诗人的才华,为唐代诗坛增添了光彩。

(李廷先)

偶　书

刘　叉

日出扶桑一丈高,人间万事细如毛。

野夫怒见不平处,磨损胸中万古刀。

赏析

　　这是一首诗风粗犷、立意奇警的抒怀诗。奇就奇在最后一句:"磨损胸中万古刀"。

　　这是一把什么样的刀,又为什么受到磨损呢?

　　诗中说,每天太阳从东方升起,人世间纷繁复杂的事情便一一发生。当时正是唐代宦官专权,藩镇割据,外族侵扰的混乱时期。作者经常看到许多不合理的事情:善良的人受到欺压,贫穷的人受到勒

索,正直的人受到排斥,多才的人受到冷遇。每当这种时候,作者便愤
懑不平,怒火中烧,而结果却不得不"磨损胸中万古刀"。

作者是个富有正义感的诗人。少时因爱打抱不平而闹过人命案,
虽改志从学,却未应举,继续浪迹江湖。他自幼形成"尚义行侠"的秉
性,没有因"从学"而有所改变,依然保持着傲岸刚直的性格。自古以
来迭代相传的正义感、是非感,仍然珍藏在作者胸怀深处,犹如一把万
古留传的宝刀,刀光熠烁,气冲斗牛。然而因为社会的压抑,路见不平
却不能拔刀相助,满腔正义怒火郁结在心,匡世济民的热忱只能埋藏
心底而无法倾泻。他胸中那把无形的刀,那把除奸佞、斩邪恶的正义
宝刀,只能任其销蚀,听其磨损!作者正是以高昂响亮的调子,慷慨悲
歌,唱出了自己的心声。

这首诗用"磨损的刀"这一最普通、最常见的事物,比喻胸中受到
压抑的正义感,把自己心中的复杂情绪和侠义、刚烈的个性鲜明地表
现出来,艺术手法可谓高妙。在唐代诗人的作品中,还没有看到用
"刀"来比喻人的思想感情的。这种新奇的构思和警辟的比喻,显示
了刘叉诗的独特风格。

(李廷先)

姚秀才爱予小剑因赠

刘　叉

一条古时水,向我手心流。

临行泻赠君，勿薄细碎仇。

赏析

这是刘叉在赠剑给友人时写的一首小诗。诗之独特处，在于通篇以水比剑。本来以明澈的秋水比喻闪闪发亮的剑光，古人早已有之。如《越绝书》说："太阿（宝剑名）剑色，视之如秋水。"后来也有以水比剑以至直接将剑称呼为水的。这首诗不只是在一、二句诗中将水与剑相比拟，而是把水剑的比喻作为一个基本构思贯通全篇，更是别开生面。

"一条古时水，向我手心流。"说得很口语化，而颇有诗味：诗人不直说这是一把古代传下的宝剑，而说成"一条古时水"；不直说宝剑"拿"在我手里，而是循着"水"的比喻拈出一个"流"字，从而使得原来处于静态中的事物获得了一种富有诗意的动感。这种从对面着墨的写法，较之平铺直叙多了一层曲折，因而也就多了一种风趣。

第三句还是循着以"水"比剑的基本构思炼字。剑既似"水"，所以不是一般的"奉赠""惠赠"，而是扣紧"水"字，选用了"泻赠"。我们仿佛看到了一条流动着的"水"，流到诗人手里，又泻入朋友掌中。如果直说，那就情韵全失、索然无味了。

以上三句写赠剑，末句是在赠剑时的殷勤嘱咐。"薄"，是迫近的意思。这一句是说不要为了私人的小仇小怨用这把剑去作无谓的争斗，弦外之音是应该用它来建立奇功殊勋。白居易在《李都尉古剑》诗中写道："愿快直士心，将断佞臣头；不愿报小怨，夜半刺私仇。劝君慎所用，无作神兵羞。"可以用来帮助理解末句没有明白说出的这一层意思。

（陈志明）

▶ **雍裕之**　代宗前期人。《全唐诗》存其诗一卷。

柳　絮

雍裕之

无风才到地，有风还满空。

缘渠偏似雪，莫近鬓毛生。

赏析

　　翻开《全唐诗》，咏杨花、柳絮的篇章甚多，这首《柳絮》却与众不同：它既没有刻意描摹柳絮的形态，也没有借柳絮抒写惜别伤春之情，而是以凝练准确的语言，概括出柳絮最主要的特征，求神似而不重形似，简洁鲜明，富有风趣。

　　柳絮"似花还似非花"（宋苏轼《水龙吟》），极为纤细、轻灵，无风时慢悠悠地落到地面，一遇上风，哪怕是和煦的微风，也会漫天飞舞起来。它的这种性状是很难描述的。雍裕之从风和柳絮的关系上落笔，并对比了柳絮在"无风"和"有风"时两种不同的状态，只十个字，就将柳絮的特征给具体地描绘出来了，这不能不说是状物的高手。

　　诗的第三句写柳絮的颜色。柳絮不仅其轻飞乱舞之状像雪，而且其色也似雪。所以东晋谢道韫早就以柳絮喻雪花，赢得了"咏絮才"的美名。可见要描绘柳絮的颜色，还是以白雪为喻最为恰切。但如果仅指出其"偏似雪"，那就是重复前人早就用过的比喻，显得淡而无味,所以诗人紧接着补上第四句:"莫近鬓毛生。"这一笔补得出人意表,十分俏皮。自来人们多以霜雪喻白发,这里因为柳絮似雪,遂径以柳絮隐喻白发,这已不落窠臼;不仅如此,诗人又从咏物进而表现人的情思:人们总是希望青春永驻,华发迟生,而柳絮似雪,雪又像白发,所以尽管柳絮似乎轻盈可爱,谁也不希望它飞到自己的头上来。这一句在全诗中起了画龙点睛的作用,写出了人物的思想感情。这也可以说是托物言志、借物抒怀的又一格吧。

这首诗通篇无一字提及柳絮,但读完全诗,那又轻又白的柳絮,似乎就在我们眼前飞舞,它是那样具体,那样鲜明,似乎一伸手就可捉摸。全诗如同一则精心编制的谜语。由于准确地道出了柳絮的特征,那谜底叫人一猜就着。于此可见诗人体察事物之细,艺术提炼功夫之深。

(徐定祥)

▶▶ **杜牧**（803—853）　字牧之,京兆万年（今陕西西安）人。杜佑孙。大和进士,曾为江西、宣歙观察使沈传师和淮南节度使牛僧孺的幕僚,历任监察御史,黄、池、睦诸州刺史,后入为司勋员外郎,官终中书舍人。以济世之才自负。诗文中多指陈时政之作。写景抒情的小诗,多清丽生动。其诗在晚唐成就颇高,后人称杜甫为"老杜",称其为"小杜"。又与李商隐并称"小李杜"。有《樊川文集》。

走进唐诗 咏物

早　雁

杜　牧

金河秋半虏弦开,云外惊飞四散哀。

仙掌月明孤影过,长门灯暗数声来。

须知胡骑纷纷在,岂逐春风一一回。

莫厌潇湘少人处,水多菰米岸莓苔。

赏析

　　唐武宗会昌二年（842）八月,北方边地备受侵扰,各族人民流离四散。杜牧当时任黄州刺史,对边地人民的命运深为关注。八月是大雁开始南飞的季节,诗人目送征雁,触景感怀,因以"早雁"为题,托物寓意,以描写大雁四散惊飞,喻指饱受骚扰、流离失所的边地人民,并寄予深切同情。

　　首联想象鸿雁遭射四散的情景。"金河",在今内蒙古自治区呼和浩特市南,这里泛指北方边地。"虏弦开",是双关挽弓射猎和发动军事骚扰活动。这两句生动地展现出一幅边塞惊雁的活动图景:仲秋塞外，广漠无边，正在云霄展翅翱翔的雁群忽然遭到胡骑的袭射，立时惊飞四散，发出凄厉的哀鸣。"惊飞四散哀"，从情态、动作到声音，层次分明而又贯串一气，是非常真切凝练的动态描写。

颔联续写"惊飞四散"的征雁飞经都城长安上空的情景。汉代建章宫有金铜仙人舒掌托承露盘，"仙掌"指此。"孤影过"，"数声来"，一绘影，一写声，都与上联"惊飞四散"相应，写的是失群离散、形单影只之雁。诗人特意使惊飞四散的征雁出现在长安宫阙的上空，似乎还隐寓着微婉的讽慨。它让人感到，居住在深宫中的皇帝，不但无力，而且也无意拯救流离失所的边地人民。月明灯暗，影孤啼哀，整个境界，正透出一种无言的冷漠。

颈联又由征雁南飞遥想到它们的北归。大雁秋来春返，故有"逐春风"而回的设想，但这里的"春风"似乎还兼有某种比兴象征意义。朝廷上的"春风"究竟能不能将流离异地的征雁吹送回北方呢？大雁还在南征的途中，诗人却已想到它们的北返；正在哀怜它们的惊飞离散，却已想到它们异日的无家可归。这是对流离失所的边地人民无微不至的关切。这种深切的同情，正与上联透露的无言的冷漠形成鲜明的对照。

流离失所、欲归不得的征雁，何处是它们的归宿？——"莫厌潇湘少人处，水多菰米岸莓苔。"潇湘指今湖南中部、南部一带。相传雁飞不过衡阳，所以这里想象它们在潇湘一带停歇下来。菰米、莓苔，这两种东西都是雁的食物。诗人深情地劝慰南飞的征雁：不要厌弃潇湘一带空旷人稀，那里水中泽畔长满了菰米莓苔，尽堪作为食料，不妨暂时安居下来吧。诗人在无可奈何中发出的劝慰与嘱咐，更深一层地表现了对流亡者的深情体贴。

这是一首托物寓慨的诗，通篇采用比兴象征手法。表面上似乎句句写雁，实际上，它句句写时事，句句写人。风格婉曲细腻，清丽含蓄。

而这种深婉细腻又与轻快流走的格调和谐地统一在一起，在以豪宕俊爽为主要特色的杜牧诗中，是别开生面之作。

（刘学锴）

屏风绝句

杜　牧

屏风周昉画纤腰，岁久丹青色半销。

斜倚玉窗鸾发女，拂尘犹自妒娇娆。

周昉是约早于杜牧一个世纪，活跃在盛唐、中唐之际的画家。他善画仕女，精描细绘，层层敷色。头发的钩染，面部的晕色，衣着的装饰，都极尽工巧之能事。相传《簪花仕女图》是他的手笔。杜牧此诗所咏的"屏风"上当是周昉所作的一幅仕女图。

"屏风周昉画纤腰"，"纤腰"是有特定含义的诗歌语汇，它既是美人的同义语，又能给人以字面意义外的形象感，使得一个亭亭玉立、丰满而轻盈的美人宛然若在。实际上，唐代绘画雕塑中的女子，大都体型丰腴，并有周昉画美人多肥的说法。倘把"纤腰"理解为楚宫式的细腰，固然呆相；若硬要按事实改"纤腰"作"肥腰"，那就更只能使人瞠目了。

说到"画纤腰",尚未具体描写,出人意外,下句却成"岁久丹青色半销"——由于时间的侵蚀,屏风人物画已非旧观了。这似乎是令人遗憾的一笔,但作者却因此巧妙地避开了对画中人作正面的描绘。

杜牧这里从画外引入一个"鬒发女"。"鬒发女"当是一贵家少女。斜倚玉窗、拂尘观画的她,却完全忘记她自个儿的"娇娆",反在那里"妒娇娆"(即妒忌画中人)。"斜倚玉窗",是从少女出神的姿态写画中人产生的效果,而"妒"字进一步从少女心理上写出那微妙的效果。它竟能叫一位妙龄娇娆的少女怅然自失。

从美的效果来写美,汉代民间叙事诗《陌上桑》就有成功的运用。然而杜牧《屏风绝句》依然有其独创性。"拂尘犹自妒娇娆",从同性相"妒"的角度,写美人见更美者而惊讶自失。杜牧写的是画中人,而画,又是"丹青色半销"的画,可它居然仍有如此魅力,则周昉之画初成时,曾给人何等新鲜愉悦的感受呢!这是一种"加倍"手法,与后来宋代王安石"低回顾影无颜色,尚得君王不自持"(《明妃曲》)的名句机心暗合。它使读者从想象中追寻画的旧影,比直接显现更隽永有味。

诗和画有共同的艺术规律,也有各自不同的特点。一般说来,直观形象的逼真显现是画之所长、诗之所短。所以,穷形尽相的描写并不见佳;而从动态写来,便有画所难及处;而从美的效果来写美,更是诗之特长。《屏风绝句》写画而充分发挥了诗的特长,就是它艺术上的主要成功之所在。

(周啸天)

叹　花

杜　牧

自是寻春去校迟，不须惆怅怨芳时。

狂风落尽深红色，绿叶成阴子满枝。

赏析

　　这首诗的文字一作："自恨寻芳到已迟，往年曾见未开时。如今风摆花狼藉，绿叶成阴子满枝。"

　　关于此诗，有一个传说：杜牧游湖州，识一民间女子，年十余岁。杜牧与其母相约过十年来娶。后十四年，杜牧始出为湖州刺史，女子已嫁人三年，生二子。杜牧感叹其事，故作此诗。这个传说不一定可靠，但此诗以叹花来寄托男女之情，是大致可以肯定的。它表现的是诗人在浪漫生活不如意时的一种惆怅懊丧之情。

　　全诗围绕"叹"字着笔。前两句是自叹自解，抒写自己寻春赏花去迟了，以至于春尽花谢，错失了美好的时机。首句的"春"犹下句的"芳"，指花。而开头一个"自"字富有感情色彩，把诗人那种自怨自艾，懊悔莫及的心情充分表达出来了。"校"同"较"。第二句写自解，表示对春暮花谢不用惆怅，也不必怨嗟。诗人明明在惆怅怨嗟，却偏说"不须惆怅"；明明是痛惜懊丧已极，却偏要自宽自慰。这在写法上是腾挪跌宕，在语意上是翻进一层，越发显出诗人惆怅失意之深，同时也流露出一种无可奈何、懊恼至极的情绪。

后两句写自然界的风风雨雨使鲜花凋零,红芳褪尽,绿叶成阴,结子满枝,果实累累,春天已经过去了。似乎只是纯客观地写花树的自然变化,其实蕴含着诗人深深惋惜的感情。

　　本诗主要用"比"的手法。通篇叙事赋物,即以比情抒怀,用自然界的花开花谢,绿树成阴子满枝,暗喻少女的妙龄已过,结婚生子。但这种比喻不是直露、生硬的,而是若即若离,婉曲含蓄的。即使不知道与此诗有关的故事,只把它当作别无寄托的咏物诗,也是出色的。隐喻手法的成功运用,又使本诗显得构思新颖巧妙,语意深曲蕴藉,耐人寻味。

（吴小林）

▶▶ **李商隐**(约813—约858) 字义山,号玉谿生,怀州河内(今河南沁阳)人。开成进士,曾任县尉、秘书郎和东川节度使判官等职。因受牛李党争影响,被人排挤,潦倒终身。所作咏史诗多托古以讽;"无题"诗也有所寄寓,至其实际含义,诸家所释不一。擅长律、绝,富于文采,具有独特风格,然有用典太多、意旨隐晦之病。与杜牧并称"小李杜"。有《李义山诗集》。

锦　瑟

李商隐

锦瑟无端五十弦①,一弦一柱思②华年。

庄生晓梦迷蝴蝶, 望帝春心托杜鹃。

沧海月明珠有泪, 蓝田日暖玉生烟。

此情可待成追忆, 只是当时已惘然。

---

① 五十弦:一般说法,古瑟是五十条弦,后来有二十五弦或十七弦等不同的瑟。

② 柱:是调整弦的音调高低的"支柱",用来把弦"架"住。它是可以移动的"活"柱,把它都用胶粘住了,瑟也就"死"了。有人把"柱"注成"系弦"的柱,误。"思"字应变读去声(sì)。律诗中不许有一连三个平声的出现。

这首《锦瑟》,是李商隐的代表作,爱诗的无不乐道喜吟,堪称最享盛名;然而它又是最不易讲解的一篇难诗,自宋元以来,揣测纷纷,莫衷一是。

诗题"锦瑟",是用了起句的头二个字。旧说中,原有认为这是咏物诗的,但近来注解家似乎都主张:这首诗与瑟事无关,实是一篇借瑟以隐题的"无题"之作。我以为,它确是不同于一般的咏物体,可也并非只是单纯"截取首二字"以发端比兴而与字面毫无交涉的无题诗。它所写的情事分明是与瑟相关的。

起联两句,从来的注家也多有误会,以为据此可以判明此篇作时,诗人已"行年五十",或"年近五十",故尔云云。其实不然。"无端",犹言"没来由地""平白无故地"。此诗人之痴语也。瑟,到底原有多少条弦,到李商隐时代又实有多少条弦,其实都不必"考证",诗人不过借以遣词见意而已。据记载,古瑟五十弦,所以玉谿写瑟,常用"五十"之数。此在诗人原无特殊用意。

"一弦一柱思华年",关键在于"华年"二字。"一弦一柱"犹言一音一节。瑟具弦五十,音节最为繁富可知;其繁音促节,常令听者难以为怀。诗人是说:聆锦瑟之繁弦,思华年之往事;音繁而绪乱,怅惘以难言。所设"五十弦",正为"制造气氛",以见往事之千重,情肠之九曲。要想欣赏玉谿此诗,先宜领会斯旨,正不可胶柱而鼓瑟。"华年",正今语所谓美丽的青春。玉谿此诗最要紧的"主眼"端在华年盛景,所以"行年五十"这才追忆"四十九年"之说,实在不过是一种迂见罢了。

起联用意既明,且看他下文如何承接。

颔联的上句,用了《庄子》的一则寓言典故,说的是庄周梦见自己身化为蝶,栩栩然而飞……浑忘自家是"庄周"其人了;后来梦醒,自家仍然是庄周,不知蝴蝶已经何往。玉谿此句是写:佳人锦瑟,一曲繁弦,惊醒了诗人的梦景,不复成寐。"迷"含迷失、离去、不至等义。"去"即离、逝,亦即他所谓"迷"者是。晓梦蝴蝶,虽出庄生,但一经玉谿运用,已经不止是一个"栩栩然"的问题了,这里面隐约包含着美好的情境,却又是虚缈的梦境。本联下句中的望帝,是传说中周朝末年蜀地的君主,名叫杜宇。杜宇啼春,这与锦瑟又有什么关联呢?原来,锦瑟繁弦,哀音怨曲,引起诗人无限的悲感,难言的冤愤,如闻杜鹃之凄音,送春归去。一个"托"字,不但写了杜宇之托春心于杜鹃,也写了佳人之托春心于锦瑟,手挥目送之间,花落水流之趣,诗人妙笔奇情,于此已然达到一个高潮。

看来,玉谿的"春心托杜鹃",以冤禽托写恨怀,而"佳人锦瑟怨华年"提出一个"怨"字,正是恰得其真实。玉谿之题咏锦瑟,非同一般闲情琐绪,其中自有一段奇情深恨在。

律诗一过颔联,"起""承"之后,已到"转"笔之时。笔到此间,大抵前面文情已然达到小小一顿之处,似结非结,含意待申。在此下面,点笔落墨,玉谿就写出了"沧海月明珠有泪"这一名句来。

珠生于蚌,蚌在于海,每当月明宵静,蚌则向月张开,以养其珠,珠得月华,始极光莹……这是美好的民间传统之说。月本天上明珠,珠似水中明月;泪以珠喻,自古为然,鲛人泣泪,颗颗成珠,亦是海中的奇情异景。如此,皎月落于沧海之间,明珠浴于泪波之界,月也,珠也,泪也,三耶一耶? 一化三耶? 三即一耶? 在诗人笔下,已然形成一个难以分辨的妙境。我们读唐人诗,一笔而能有如此丰富的内涵、奇丽的联想的,舍玉谿生实不多觏。

那么,海月、泪珠和锦瑟是否也有什么关联可以寻味呢?

对于诗人玉谿来说,沧海月明这个境界,尤有特殊的深厚感情。他对此境,一方面于其高旷皓净十分爱赏,一方面于其凄寒孤寂又十分感伤:一种复杂的难言的怅惘之怀,溢于言表。

晚唐诗人司空图,引过戴叔伦的一段话:"诗家之景,如蓝田日暖,良玉生烟,可望而不可置于眉睫之前也。"(《与极浦书》)这里用来比喻的八个字,简直和此诗颈联下句的七个字一模一样,足见此一比喻,另有根源,可惜后来古籍失传,竟难重觅出处。晋代文学家陆机在他的《文赋》里有一联名句："石韫玉而山辉,水怀珠而川媚。"蓝田,山名,在今陕西蓝田东南,是有名的产玉之地。此山为日光煦照,蕴藏其中的玉气(古人认为宝物都有一种一般目力所不能见的光气),冉冉上腾,但远察如在,近观却无。——这代表了一种异常美好的理想景色,然而它是不能把握和无法亲近的。玉谿此处,正是在"韫玉山辉,怀珠川媚"的启示和联想下,用"蓝田日暖"给上句"沧海月明"作出了对仗,造成了异样鲜明强烈的对比。而就字面讲,"蓝田"对"沧海",也是非常工整的,因为"沧"字本义是青色。玉谿在辞藻上的考究,也可以看出他的才华和工力。

颔联两句所表现的,是阴阳冷暖,美玉明珠,境界虽殊,而怅恨则一。诗人对于这一高洁的感情,是爱慕的,执着的,然而又是不敢亵渎,哀思叹惋的。

尾联拢束全篇,明白提出"此情"二字,与开端的"华年"相为呼应。诗句是说:如此情怀,岂待今朝回忆始感无穷怅恨,即在当时早已是令人不胜惘惘了。诗人用两句话表出了几层曲折,而几层曲折又只是为了说明那种怅惘的苦痛心情。诗之所以为诗者在于此,玉谿诗之所以为玉谿诗者,尤在于此。

玉谿一生经历,有难言之痛,至苦之情,郁结中怀,发为诗句,幽伤要眇,往复低回,感染于人者至深。筝瑟为曲,常系乎生死哀怨之深情苦意,可想而知。循此以求,我觉得如谓锦瑟之诗中有生离死别之恨,恐怕也不能说是全出臆断。

(周汝昌)

霜　月

李商隐

初闻征雁已无蝉，　百尺楼高水接天。

青女素娥①俱耐冷，月中霜里斗婵娟②。

---

① 青女：即青霄玉女，主霜雪的女神。素娥：即月里的嫦娥。

② 婵娟：美好的容态。

赏析

　　文学作品，特别是诗歌，它的特点在于即景寓情，因象寄兴。诗人不仅是写生的妙手，而应该是随物赋形的化工。最通常的题材，在杰出诗人笔底，往往能够创造出一种高超优美的意境。读了这首《霜月》，就会有这样的感觉。

　　这诗写的是深秋季节，在一座临水高楼上观赏霜月交辉的夜景。月白霜清，给人们带来了寒凉的秋意会使人心旷神怡。然而这诗所给予读者美的享受，却大大超过了我们在类似的实际环境中所感受到的。

　　秋天，草木摇落而变衰，可是清宵的月影霜痕，却显得分外光明皎洁。这秋夜自然景色之美意味着什么呢？"青女素娥俱耐冷，月中霜里斗婵娟。"尽管"琼楼玉宇，高处不胜寒"（宋苏轼《水调歌头》），可是冰肌玉骨的绝代佳人，愈是在宵寒露冷之中，愈是见出雾鬓风鬟之美。

写霜月,不从霜月本身着笔,而写月中霜里的素娥和青女;青女、素娥在诗里是作为霜和月的象征的。这样,诗人勾摄出了清秋的魂魄、霜月的精神。这精神是诗人从霜月交辉的夜景里发掘出来的自然之美,同时也反映了诗人在混浊的现实环境里追求美好、向往光明的深切愿望;是他性格中高标绝俗、耿介不随的一面的自然流露。当然,我们不能说,这耐寒的素娥、青女,就是诗人隐以自喻;或者说,它另有所实指。诗中寓情寄兴,倘若我们理解得过于窒实,反而会降低它的美学价值。

其实,在更多即景寄兴的小诗里,同样可以见出李商隐的"高情远意"。清叶燮特别指出李商隐七言绝句,"寄托深而措辞婉"。于此诗,可见其一斑。

这诗在艺术手法上还有一点值得注意:诗人的笔触完全在空际点染盘旋,诗境如海市蜃楼,弹指即逝;诗的形象是幻想和现实交织在一起而构成的完美的整体。秋深了,树枝上已听不到聒耳的蝉鸣,辽阔的长空里,时时传来雁阵惊寒之声。在月白霜清的宵夜,高楼独倚,水光接天,望去一片澄澈空明。"初闻征雁已无蝉"二句,是实写环境背景。这环境是美妙想象的摇篮,它会唤起人们绝俗离尘的意念。正是在这个摇篮里,诗人的灵府飞进月地云阶的神话世界中去了。后两句想象中的意境,是从前两句生发出来的。

(马茂元)

蝉

李商隐

本以高难饱， 徒劳恨费声。

五更疏欲断， 一树碧无情。

薄宦梗犹泛①，故园芜已平②。

烦君最相警， 我亦举家清。

---

① 梗犹泛：梗，木偶。泛，漂流。这里喻指自身像大水中的木偶到处漂流。
② 故园芜已平：晋陶渊明《归去来兮辞》："田园将芜胡不归。"

赏析

　　古人有云："昔诗人篇什，为情而造文。"这首咏蝉诗，就是抓住蝉的特点，结合作者的情思，"为情而造文"的。诗中的蝉，也就是作者自己的影子。

　　首联闻蝉鸣而起兴。"高"指蝉栖高树，暗喻自己的清高；蝉在高树吸风饮露，所以"难饱"，这又与作者身世感受暗合。由"难饱"而引出"声"来，所以哀中又有"恨"。但这样的鸣声是白费，是徒劳，因为不能使它摆脱难饱的困境。这是说，作者由于为人清高，所以生活清贫，虽然向有力者陈情，希望得到他们的帮助，最终却是徒劳的。这样结合作者感受来咏物，会不会把物的本来面貌歪曲了呢？其实不会。咏物诗的真实，是作者感情的真实。作者确实有这种感受，借蝉来写，写出他对"高"和"声"的独特感受来。

接着，从"恨费声"里引出"五更疏欲断"，用"一树碧无情"来作衬托，把不得志的感情推进一步，达到了抒情的顶点。蝉鸣到五更天时，已经稀疏得快要断绝了，可一树的叶子还是那样碧绿，并不为它的"疏欲断"而悲伤憔悴。这里接触到咏物诗的另一特色，即无理得妙。蝉声的"疏欲断"，与树叶的"碧"两者本无关涉，可是作者却怪树的无动于衷。这看似毫无道理，但无理处正见出作者的真实感情。"疏欲断"既是写蝉，也是寄托自己的身世遭遇。就蝉说，责怪树的"无情"是无理；就寄托身世遭遇说，责怪有力者本可以依托荫庇而却"无情"，是有理的。咏物诗既以抒情为主，所以这种无理在抒情上就成了有理了。

接下去抛开咏蝉，转到自己身上。这一转就打破了咏蝉的限制，扩大了诗的内容。"薄宦梗犹泛，故园芜已平。"作者在各地当幕僚，是个小官，所以称"薄宦"。经常在各地流转，好像大水中的木偶到处漂流。这种不安定的生活，使他怀念家乡。更何况家乡田园里的杂草和野地里的杂草已经连成一片了，作者思归就更加迫切。这两句好像和上文的咏蝉无关，暗中还是有联系的。"薄宦"同"高难饱""恨费声"联系，小官微禄，所以"难饱""费声"。经过这一转折，上文咏蝉的抒情意味就更明白了。

末联又回到咏蝉上来，用拟人法写蝉。"君"与"我"对举，把咏物和抒情密切结合，而又呼应开头，首尾圆合。蝉的难饱正与我也举家清贫相应；蝉的鸣叫声，又提醒我这个与蝉境遇相似的小官，想到"故园芜已平"，不免勾起赋归之念。钱锺书评论这首诗说："蝉饥而哀鸣，树则漠然无动，油然自绿也（油然自绿是对"碧"字的很好说明）。树无情而人（"我"）有情，遂起同感。蝉栖树上，却恝置（犹淡忘）之；蝉鸣非为'我'发，'我'却谓其'相警'，是蝉于'我'亦'无情'，而

'我'与之为有情也。错综细腻。"钱先生指出不仅树无情而蝉亦无情,进一步说明咏蝉与抒情的错综关系,对我们更有启发。

咏物诗,贵在"体物为妙,功在密附"。这首咏蝉诗,"传神空际,超超玄著",被朱彝尊誉为"咏物最上乘"。

(周振甫)

忆　梅

李商隐

定定住天涯,依依向物华。

寒梅最堪恨,长作去年花。

这是李商隐作幕梓州(治今四川三台)后期之作。写在百花争艳的春天,寒梅早已开过,所以题为"忆梅"。

一开始诗人的思绪并不在梅花上面,而是为留滞异乡而苦。梓州离长安近三千里,李商隐是在仕途抑塞、妻子去世的情况下应柳仲郢之辟,来到梓州的。独居异乡,寄迹幕府,已自感到孤子苦闷,想不到竟一住数年,意绪之无聊郁闷更可想而知。"定定住天涯",就是这个痛苦灵魂的心声。"定定",犹"死死地""牢牢地"。诗人感到自己竟像是永远地被钉死在这异乡的土地上了。这里,有强烈的苦闷,有难以名状的厌烦,也有无可奈何的悲哀。

为思乡之情、留滞之悲所苦的诗人,精神上不能不寻找慰藉,于是转出第二句:"依依向物华。""物华",指眼前美好的春天景物。"依依",形容面对美好春色时亲切流连的意绪。诗人在百花争艳的春色面前似乎暂时得到了安慰,从内心深处升起一种对美好事物无限依恋的柔情。"依依向物华"之情即因"定定住天涯"而生,两种相反的感情却是相通的。

三、四两句,诗境又出现更大的转折。面对姹紫嫣红的"物华",诗人不禁想到了梅花。它先春而开,到百花盛开时,却早花凋香尽,诗人遗憾之余,便不免对它怨恨起来了。由"向物华"而忆梅,这是一层曲折;由忆梅而恨梅,这又是一层曲折。"恨"正是"忆"的发展与深化,正像深切期待的失望会转化为怨恨一样。

但这只是一般人的心理。对于李商隐来说,却有更内在的原因。"寒梅"先春而开、望春而凋的特点,使诗人很自然地联想到自己:少年早慧,文名早著,科第早登;然而紧接着便是一系列不幸和打击,到入川以后,已经是意绪颇为颓唐了。这早秀先凋、不能与百花共享春天温暖的"寒梅",不正是诗人自己的写照吗?因为看到或想到它,就会触动早秀先凋的身世之悲,诗人自然不免要发出"寒梅最堪恨"的怨嗟了。诗写到这里,黯然而收,透出一种不言而神伤的情调。

五言绝句,贵天然浑成,一意贯串,忌刻意雕镂,枝蔓曲折。这首《忆梅》,"意极曲折"(清纪昀评语),却并不给人以散漫破碎、雕琢伤真之感,关键在于层层转折都离不开诗人沉沦羁泊的身世。这样,才能潜气内转,在曲折中见浑成,在繁多中见统一,达到有神无迹的境界。

（刘学锴）

赠　柳

李商隐

章台^①从掩映，郢^②路更参差。
见说风流极，来当婀娜时。
桥回行欲断，堤远意相随。
忍放花如雪，青楼^③扑酒旗。

---

① 章台：汉代京城长安街道名，街多柳树，唐时称为"章台柳"。
② 郢：即今湖北江陵，战国时楚国建都于此。
③ 青楼：古代歌舞宴饮之地。

 赏析

　　《赠柳》，其实就是咏柳。咏而赠之，故题曰"赠"。前人认为此诗有本事，并认为系为洛阳歌妓柳枝作。由于年代久远，别无旁证，真实情况，已难考知。

　　李商隐对柳很有感情，他的诗集中，以柳为题的，多至十几首。这一首咏柳诗不同，它的背景不是一地一处，而是非常广阔的地域。首联就从京城长安到大江之滨的江陵，写柳从北到南，无处不在，"掩映""参差"，秀色千里。

　　"掩映""参差"，是写柳色或明或暗，柔条垂拂的繁茂景象，点出时间是在春天。由"从"（任从）到"更"的变化，把柳的蓬勃生机，渲染得更加强烈。次联"风流""婀娜"，则是写柳的体态轻盈。柔长的柳枝,千枝万缕,春风吹拂,宛若妙龄女郎,翩跹起舞,姿态动人。"见说"是听见别人说,包括古今之人对柳的赞赏。"来当"句是说自己见到眼前之柳的时候,正当其婀娜多姿之时,表现出诗人的欣喜之情。上面四句,从广阔的背景上,对春柳作了生动具体的描绘,写出了她妩媚可爱的风姿。

下面接写柳色绵延不断。"行"作"行踪""踪迹"解。"意相随"既指春柳傍随长堤而去,也指诗人的心为柳所系,紧随不舍,最后直至青楼酒旗、柳花似雪之处。"青楼""酒旗"是人间繁华之地;飞花似雪是春柳盛极之时。"忍"即忍心之意,字里透露出诗人的痛惜之情。花飞似雪,固然美极盛极,然而繁华已极,就意味着离凋谢不远。两句把春柳的繁华写到极致,也把人的爱惜之情写到极点。这四句,意境很美,言外之意不尽,很耐人寻味。

此诗全篇八句,纯用白描,篇中不着一个"柳"字,却句句写柳。而且,仔细玩味,会发觉它们既是写柳,又像是在写人,字里行间,仿佛晃动着一位窈窕女郎的倩影,风流韵致,婀娜多情。咏柳即咏人,对柳之爱怜不舍,即对其所爱之人的依恋与思念。似彼似此,亦彼亦此,不即不离,正是此诗艺术表现的巧妙之处。

（王思宇）

落　花

李商隐

高阁客竟去,小园花乱飞。

参差连曲陌，迢递送斜晖。

肠断未忍扫，眼穿仍欲稀。

芳心向春尽，所得是沾衣。

赏析

这首咏物诗作于会昌六年（846）闲居永乐期间。当时，李商隐因娶王茂元之女一事已构怨于牛党的令狐绹，境况很不如意。自然景物的变化极易触发他的忧思羁愁，于是便借园中落花隐约曲折地吐露自己的心曲。

诗一起便写落花景象，前人称赞它发端"超忽"。其实，落花是一种自然现象，和客去本无必然的联系，但诗人却说花是因客去才"乱飞"。这种因果关系的描写颇出人意表，却又在情理之中。落花虽然早有，客在时却浑然不觉，待到人去楼空，客散园寂，孤独惆怅之情袭上心头，诗人这才注意到满园缤纷的落花，而且生出同病相怜的情思。两句诗不单写花，也兼写人，含蓄蕴藉，耐人寻味。

三、四两句承上，进一步描写落花"乱飞"的具体情状。"参差"句写落花飘拂纷飞，连接曲陌；"迢递"句写落花连绵不断，无尽无休。这两句对落花描绘很客观，但对"斜晖"的点染却透露出作者的内心并不平静。此时此刻，在他眼前的"落花"和"斜晖"已经是同人一样充满感情，具有生命的事物，像是在同自己美好的青春和年华告别。诗人十分敏感地捕捉住这富有特征的景象，使整个画面笼罩在沉重黯淡的色调里，透出了诗人心灵的伤感和悲哀。

五、六句在前面描写的基础上，直接抒发了诗人的情感。这里的"肠断未忍扫"，就不单是一般的怜花惜花之情，而是断肠人又逢落花，自然倍觉伤情。"眼穿仍欲稀"一句写出诗人的痴情和执着,他望眼欲穿,巴望花莫再落,却事与愿违,枝上残留的花朵仍然越来越稀疏。

　　花朵用生命装点了春天,无私地奉献出自己的一片芳心,最终却落得个凋零残破、沾人衣裾的凄凉结局。这不又是诗人自身的写照吗?诗人素怀壮志,极欲见用于世,却屡遭挫折,报效无门,所得只有悲苦失望,泪落沾衣而已。末尾两句,语意双关,低回凄婉,感慨无限。

　　落花诗在唐诗中并不少见,但大多或单纯表现怜花惜花的情绪,或消极抒发及时行乐的感慨,很少能像李商隐这样把咏物与身世之慨结合得天衣无缝,表现的情感又是如此哀怨动人。清刘熙载《艺概》中提出咏物诗应该做到"不离不即",就是既要切合于物,又要在咏物中表现作者的情思。李商隐的咏物诗很好地做到了这一点。他善于用那支充满情思的彩笔,在体贴物情的同时,委婉曲折地透露心迹,而且又能缘情而异。

(张明非)

柳

李商隐

曾逐东风拂舞筵,乐游春苑①断肠天。
如何肯到清秋日,已带斜阳又带蝉!

---

① 乐游春苑:指乐游苑,又称乐游原。长安东南名胜。地势很高,可俯瞰长安全城,是当时士女节日游赏之处。

这是借咏柳自伤迟暮、倾诉隐衷的一首七绝,大致是大中五年(851)诗人在长安初应东川节度使柳仲郢之聘时所作。

诗写的是秋日之柳,但诗人不从眼前写起,而是先追想它春日的情景,然后再回到眼前的柳上来。

春日细长低垂的柳枝,随风轻扬,最易使人联想起舞女的飘然舞姿。诗人抓住这个"舞"字,形象地表现春柳的婀娜多姿。"拂舞筵"三字,仿佛使人看到柳枝同舞女一同翩翩起舞,分不清谁是舞女,何为柳枝,意境是何等优美!本来是东风吹得柳枝飘动,诗中却用一"逐"字,说柳枝在追逐东风,写出柳枝的蓬勃生气。"断肠天"指繁花似锦的春日,"断肠"即销魂,言花之色香使人心醉神摇。春风荡漾,百花争艳,长安乐游苑上,士女如云,舞筵上觥筹交错,歌管迭奏,红裙飘转,绿袖翻飞,碧绿的柳枝,同舞女一道翩翩起舞。——真是繁华到了极点!

下面陡然一转,回到眼前的秋柳,却是完全相反的景象。"清秋",喻秋色已深;清秋又当斜阳,环境更加凄凉。本来是斜阳照着柳枝,秋蝉贴在柳枝之上哀鸣,诗中却用两个"带"字,反说柳枝"带着"它们。表现出秋日之柳的不幸。第三句诗意似更深邈:既然到了秋天,如此萧条,那你(柳)为何又肯捱到秋天来啊!言外是说不如不到秋天来,大有悲不欲生之痛。春日之柳的繁盛,正反衬出秋日之柳的枯凋;春日愈是繁华得意,愈显出秋日的零落憔悴。诗正是通过这种强烈的对比描绘,来表现对秋柳稀疏衰落的悲叹之情。

此诗句句写柳,而全篇不着一个"柳"字;句句是景,又句句是情;句句咏物,而又句句写人。诗人写此诗时,妻子刚刚病故,自己不久又将只身赴蜀,去过那使人厌倦的幕府生涯。悼念妻子,悲叹前路,其心情之惨苦可知。诗中经历今昔荣枯悬殊变化的秋柳,不正是诗人自伤迟暮、自叹身世的生动写照?

(王思宇)

十一月中旬至扶风界见梅花

李商隐

匝路亭亭艳,非时裛裛香。

素娥惟与月,青女不饶霜①。

赠远虚盈手,伤离适断肠。

为谁成早秀?不待作年芳。

---

① "素娥"两句:《瀛奎律髓》方回批:"此谓梅花最宜月,不畏霜耳。添用素娥青女四字,则谓月若私之而独怜,霜若挫之而莫屈者,亦奇。"似与原意不符。同书纪昀批:"三、四爱之者虚而无益,妒之者实而有损。"似与原意较接近。

赏析

这首诗写于何年,诸说不一,未有定论。从诗看,可能是大中五年(851)应东川节度使柳仲郢聘请为书记,入蜀时所作。扶风,在今陕西宝鸡市东。

诗一开头就奇峰突起,呈现异彩。裛裛(yì),香气盛貌。虽然梅花裛裛清芬,香气沁人,可是过早地在十一月中旬开放,便显得很不适时宜。作者的品格才华,不正像梅花的"亭亭艳""裛裛香"吗?作者牵涉到牛李党争中,从而受到排挤,不正是生非其时吗?长期在过漂泊的游幕生活,不正是处非其地吗?

接下来二句清怨凄楚,别开意境。同是月下赏梅,作者没有把梅花比作风姿姣好的美人;也没有赞美梅花傲霜的品格;而是手眼独出,先是埋怨"素娥"(指月里嫦娥)的"惟与月",继而又指责"青女"(土管霜的女神)的"不饶霜"。原来在作者眼里,嫦娥让月亮放出清光,并不是真的要给梅花增添姿色;青女也不是要使梅花显出傲霜品格才下霜的,而是想用霜冻来摧折梅花。一种难言的怨恨,淡淡吐出,正与作者身世感受相映照。

写到这里,作者笔锋一转,对着梅花,怀念起朋友来了:"赠远虚盈手,伤离适断肠。"想折一把梅花来赠给远方的朋友,可是仕途坎坷,故友日疏,即使折得满把的梅花又有什么用呢?"伤离"句一语双关,既含和朋友离别而断肠,又含跟梅花离别而断肠,蕴蓄隽永。"为谁成早秀?不待作年芳。"梅花为了谁造成了过早开花,而不等到报春才开花,成为旧历新年时的香花呢?在这里表达了他对梅花的悲痛,这种悲痛正是对自身遭遇的悲痛。诗人感慨自身不正像梅花未能等到春的到来而过早开放吗?这一结,就把自伤身世的感情同开头呼应,加强了全篇的感情力量。

作为咏物诗,最好的是"写气图貌,既随物以宛转;属采附声,亦与心而徘徊"(南朝梁刘勰《文心雕龙·物色》)。意思是依照事物的形貌来描绘,宛转地把形貌生动地画出来;同时,也是曲折地传达出内心的感情。这首诗正是这样。它写梅花,是在特定环境、特定时间内开放的梅花,移用别处不得;同时又是作者身世的写照。这两者结合得天衣无缝,看不出一点拼凑的痕迹,这就显出作者的深厚功力。

(周振甫)

流　莺

李商隐

流莺漂荡复参差,度陌临流不自持。

巧啭岂能无本意,良辰未必有佳期。

风朝露夜阴晴里,万户千门开闭时。

曾苦伤春不忍听,凤城何处有花枝?

这是李商隐托物寓怀、抒写身世之感的诗篇。写作年份不易确定。从诗中写到“漂荡”“巧啭”和“凤城”来看,可能是“远从桂海,来返玉京”以后所作。

“流莺”,就是漂荡流转、无所栖托的黄莺。开头两句,正面重笔写“流”字。“参差”,本是形容鸟儿飞翔时翅膀张敛振落的样子,这里用如动词,犹张翅飞翔。“漂荡复参差”,是说漂荡流转之后又紧接着再飞翔转徙。“度陌”“临流”,则是在不停地漂荡流转中所经所憩,应上句“复”字。流莺这样不停地漂荡、飞翔,究竟是为什么呢?又究竟要漂荡到何时何地呢？诗人对此不作正面交代，只轻轻接上"不自持"三字。这是全联点眼，暗示出流莺根本无法掌握自己的命运，仿佛是被某种无形的力量主宰着。用流莺的漂荡比喻诗人自己的转徙幕府的生活，是比较平常的比兴寓托；独有这"不自持"三字，融和着诗人的独特感受。

三、四两句，进一步通过对流莺"巧啭"的描写，来展示它的内心苦闷。流莺那圆转流美的歌吟中分明深藏着一种殷切的愿望——希望在美好的三春良辰中有美好的期遇。如果说，流莺的漂荡是诗人飘零身世的象征，那么流莺的巧啭便是诗人美妙歌吟的生动比喻。这一联和《蝉》的颔联颇相似。但《蝉》所强调的是虽凄断欲绝而不被同情，是所处环境的冷酷；而"巧啭"一联所强调的却是巧啭本意的不被理解，是世无知音的永叹。"岂能""未必"，一纵一收，一张一弛，将诗人不为人所理解的满腹委屈和良辰不遇的深沉伤感曲曲传出，在流美圆转中有回肠荡气之致。

颈联承上"巧啭"，仍写莺啼。"风朝露夜阴晴里，万户千门开闭时。"这是"本意"不被理解，"佳期"不遇的流莺永无休止的啼鸣：无论是刮风的早晨还是降露的夜晚，是晴朗的天气还是阴霾的日子，无论是京城中万户千门开启或关闭的时分，流莺总是时时处处在啼啭歌吟。它仿佛执着地要将"本意"告诉人们，而且在等待着渺茫无日的佳期。

末联关合到诗人自身，点明"伤春"正意。"凤城"借指长安，"花枝"指流莺栖息之所。两句是说，自己曾为伤春之情所苦，实在不忍再听流莺永无休止的伤春的哀鸣，然而在这广大的长安城内，又哪里能找到可以栖息的花枝呢？伤春，就是伤佳期之不遇；佳期越渺茫，伤春的意绪就越浓重。诗人借"不忍听"流莺的哀啼强烈地抒发了自己的"伤春"之情——抱负成空、年华虚度的精神苦闷。末句明写流莺，暗

【宋】佚名《鹌鹑图》

【五代】黄筌《珍禽图》

【明】边景昭《三友百禽图》

【明】王谦《墨梅图》

望云中秋月正圆玲
琦丹桂植当天去私普
照八荒外皎洁清光云
潭重 中秋望月

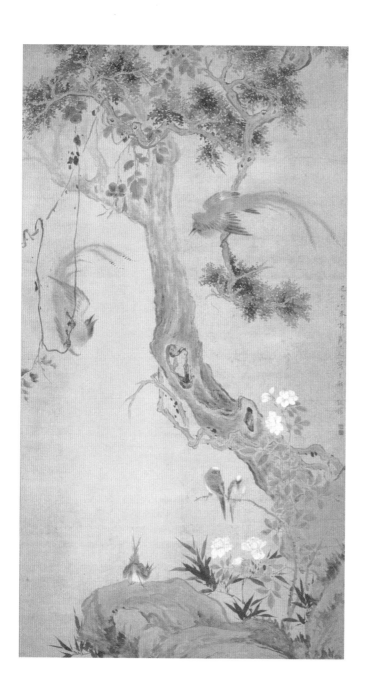

【清】华嵒《翠羽和鸣图》

昔東坡居士作枯木竹石，使有枯木石而無竹，則黯然無色矣。余作竹作石，固無取于枯木也。意在畫竹則竹為主以石輔之。今石反大于竹多于竹，又出于竹之外也，不識後之人何以議我漸老年兄屬

乾隆甲戌重九日板橋鄭燮畫

寓自身，读来既像是诗人对无枝可栖的流莺处境的关切，又像是诗人从流莺哀啼声中听出的含义，更像是诗人自己的心声，语意措辞之精妙，可谓臻于化境。

（刘学锴）

微　雨

李商隐

初随林霭动，稍共夜凉分。

窗迥侵灯冷，庭虚近水闻。

细　雨

李商隐

帷飘白玉堂，簟卷碧牙床。

楚女当时意，萧萧发彩凉。

李商隐写了不少咏物诗，不仅体物工切，摹写入微，还能够通过多

方面的刻画,传达出物象的内在神韵。这里以两首题材相近的作品作一点分析比较。

前一首咏微雨。诗中描写全向虚处落笔,借助于周围的有关事物和人的主观感受作多方面的陪衬、渲染,捕捉到了微雨的形象。开头两句写傍晚前后微雨始落不久的情景。"霭",雾气。"稍",渐渐。微雨初起时,只觉得它随着林中雾气一起浮动,根本辨不清是雾还是雨;逐渐地,伴同夜幕降临,它分得了晚间的丝丝凉意。后面两句写夜深后微雨落久的情景。"迥",远。"虚",空。微雨久落后气温下降,人坐屋内,尽管远隔窗户,仍然感觉出寒气透入户内,侵逼到闪烁不定的灯火上;同时,落久后空气潮湿,雨点不免增重,在空寂的庭院里,可以听得见近处水面传来细微的淅沥声。四句诗写出了从黄昏到夜晚间微雨由初起到落久的过程,先是全然不易察觉,而后渐能察觉,写得十分细腻而熨帖,但又没有一个字直接刻画到微雨本身,仅是从林霭、夜凉、灯光、水声诸物象来反映微雨带给人的各种感受,显示了作者写景状物工巧入神的本领。

如果说,《微雨》的妙处在于避免从正面铺写雨的形态,只是借人的感受作侧面烘托,那么,《细雨》的笔法则全属正面铺写,不过是发挥了比喻及想象的功能,同样写得灵活而新鲜。

诗篇一上来打了两个比方。"白玉堂",指天宫。"碧牙床",喻指天空,蔚蓝澄明的天空好像用碧色象牙雕塑成的卧床。这里将细雨由天上洒落,想象为有如天宫白玉堂前飘拂下垂的帷幕,又像是从天空这张碧牙床上翻卷下来的簟席。帷幕、簟席都是织纹细密而质地轻软的物件,用它们作比拟,既体现出细雨的密致形状,也描画了细雨随风飘洒的轻灵姿态。接下来,再借用神话传说材料作进一步形容。"楚女",指《楚辞·九歌·少司命》里描写的神女,诗中曾写到她在天池沐浴后曝晒、梳理自己头发的神情。"萧萧",清凉的感觉。这里说:

走进唐诗
咏物

想象神女当时的意态,那茂密的长发从两肩披拂而下,熠熠地闪着光泽,萧萧地传送凉意,不就同眼前洒落的细雨相仿佛吗？这个比喻不仅更为生动地写出了细雨的诸项特征,还特别富于韵致,逗人遐想。整首诗联想丰富,意境优美,如"帷飘""簟卷"的具体形象,"白玉""碧牙""发彩"的设色烘托,"萧萧"的清凉气氛,尤其是神女意态的虚拟摹想,合成了一幅神奇谲幻、瑰丽多彩的画面。比较起来,《微雨》偏于写实作风,本诗则更多浪漫情味,从中反映出作者咏物的多样化笔调。

（陈伯海）

▶▶ **李群玉**（？—约862） 字文山，澧州（治今湖南澧县）人。善吹笙，工书法。举进士不第，后以布衣游长安，进诗于宣宗，授弘文馆校书郎，不久去职。其诗善写羁旅之情。有《李群玉诗集》。

走进唐诗
咏物

放　鱼

李群玉

早觅为龙去，江湖莫漫游。

须知香饵下，触口是铦钩！

赏析

　　这是咏物诗中一首富于哲理的佳作，篇幅短小，意味隽永。我国古诗中，最早写鱼的诗句见于《诗经·卫风·硕人》。汉魏六朝乐府诗中的《枯鱼过河泣》，则是以鱼为抒写对象的完整的全篇。唐代咏物诗不少，然而写鱼的专篇仍然不多，所以这首《放鱼》是独具一格的难能可贵之作。

　　这首诗，题材独特，角度新颖。作者既入乎其内，深入地体察了鱼的习性、情态和生活环境，作了准确而非泛泛的描写；又出乎其外，由尺寸之鱼联想到广阔的社会人生，言在此而意在彼，让读者受到诗中寓意的暗示和启发。这首诗从题目上看，是写诗人在将鱼放生时对鱼的嘱咐，全诗以呼告式结撰成章。"早觅为龙去"，一开始就运用了一个和鱼有关的典故，妙合自然。在我国古代为龙或化龙历来就象征着飞黄腾达。但诗人运用这一典故却另有新意，他是希望所放生之鱼能寻觅到一个广阔自由的没有机心的世界。接着以"江湖莫漫游"句，顺承而下。"漫游"本是为鱼所独有的生活习性，但在这里，"莫漫游"和"早觅"的矛盾逆折，却又让读者产生强烈的悬念：为什么希望鱼儿要早觅为龙，又劝其莫漫游于江湖之中呢？这就引发了下文："须知香饵下，触口是铦钩！"这两句诗一气奔注，分外醒人耳目。"铦"，是锋利之意。"铦钩"与"香饵"相对成文又对比尖锐，那触目惊心的形象可以激发人们许多联想。"须知"使诗人告诫的声态更加恳切动人；而"触口"则更描摹出那环生的险象，传神地表现出诗人对鱼的怜惜、担心的情态。寥寥二十字，用语看似平易，运笔却十分灵动而巧妙。

"寄托"是咏物诗的灵魂。这诗抒写的是放鱼入水的题材，但它又不止于写放鱼入水。诗人的目光绝没有停留在题材的表面，而是在具体的特定事物的描绘中，寄寓自己对生活的某种体验和认识，使读者从所写之物，联想到它内蕴的所寄之意。这首《放鱼》寄意深远。其特色一是小中见大地展开，二是由此及彼地暗示。写的是具体的尺寸之鱼，却由鱼而社会而人生，抒发了封建社会中善良的人们对于险恶的社会生活的一种普遍感受。所咏叹的是"放鱼"这一寻常事物，但诗人却手挥五弦，目送飞鸿，因而音流弦外，余响无穷，使人不禁联想到诗人自己和许多正直的人们的遭际而深感同情。

宋苏东坡说："赋诗必此诗，定知非诗人。"(《书鄢陵王主簿所画折枝二首》)何况是咏物诗。这首《放鱼》状物形象，含蕴深远，花蕾虽小却香气袭人，堪称咏物诗中的佳作。

（李元洛）

鸂　鶒

李群玉

锦羽相呼暮沙曲,波上双声戛哀玉。

霞明川静极望中,一时飞灭青山绿。

赏析

这是一首吟咏鸂鶒的七言古诗。

鸂鶒(xī chì),是一种长有漂亮的彩色毛羽的水鸟,经常雌雄相随,喜欢共宿,也爱同飞并游。它的好看的毛色给人以美感,它的成双作对活动的习性,使人产生美好的联想。

这诗兼有音乐与图画之美。一、二句好比是一支轻清悠扬的乐曲,三、四句好比是一幅明朗净洁的图画。

"相呼"二字是前两句之根。正是相呼之声吸引了诗人的视听,循声望去,见到水边沙窝上正有一对鸂鶒在鸣叫。次句即从"相呼"二字中生发。日暮时分彼此呼叫,原来是要相约飞去。随着呼叫声,双双在水波上展开了翅膀,在身后留下一串玉磬般的动听音响。"双声"同时带出双飞的形象。

三、四句所写的视觉形象,即从"双声"过渡而来。发出玉磬般音响的这一对鸟儿飞过水面,便进入了广阔的视野之中。这时云霞明丽,夕照中的水流显得分外平静,在水天光色中,双飞的"锦羽"渐去渐远,转眼消失,再加注视,见到的是一片碧绿的青山。这两句虽然纯用画笔,但也不妨想象在画外还响着那哀玉般的鸣叫声,只是随着展翅远去,鸣声也愈来愈轻。诗人以"哀玉"写鹨鹈之声,又以明霞、静川作背景映衬鹨鹈之形,流露了诗人对鹨鹈的喜爱之情。鹨鹈在空中飞去以至于消失,必然有一个较长的时间过程,然而诗人却用"一时"来极言其短,恨其逝去之速。在"飞灭"之后,仍然目不转睛,直到飞灭处显现出了"青山绿"。这是一个令人悠然神往的境界。全诗着墨不多,却能得其神韵。

（陈志明）

书 院 二 小 松

李群玉

一双幽色出凡尘,数粒秋烟二尺鳞。

从此静窗闻细韵,琴声长伴读书人。

在我国古典诗歌中,或将苍松联想为飞龙,或赋贞松以比君子,这类诗篇数量不少。而李群玉的这首诗,却别开生面,是其中富于独创性而颇具情味的一首。

第一句是运用绝句中"明起"的手法,从题目的本意说起,不旁逸斜出而直入本题。有如我国国画中的写意画,着重在表现两株小松的神韵。诗人用"幽色"的虚摹以引起人们的想象,以"出凡尘"极言它们的风神超迈,不同凡俗。"数粒秋烟",以"秋烟"比况小松初生的稚嫩而翠绿的针叶,比喻新颖而传神;而以"粒"这样的量词来状写秋烟,新奇别致,也是李群玉的创笔。"二尺鳞",如实形容松树的外表,其中的"二尺"又照应前面的"数粒",切定题目,不浮不泛,点明并非巨松而是"小松"。首二句,诗人扣紧题目中的"二小松"着笔,写来情味丰盈,以下就要将"二小松"置于"书院"的典型环境中来点染了。

在诗人们的笔下,松树有远离尘俗的天籁。李群玉诗的第三句可能从前人诗句中得到过启发,但又别开生面。庭院里的两株小松,自然不会松涛澎湃,天籁高吟,而只能细韵轻送了。"细韵"一词,在小松的外表、神韵之外,又写出它特有的声音,和"静窗"动静对照,交相映发。"琴声长伴读书人",既充分地抒发了诗人对小松爱怜、赞美的情感,同时也不着痕迹地补足了题目中的"书院"二字。这样,四句诗脉络一贯,句连意圆,构成了一个新颖而和谐的艺术整体。

松树是诗歌中经常歌咏的题材,容易写得落套,而此诗却能翻出新意,别具情味,这就有赖于诗人独到的感受和写新绘异的艺术功力了。

(李元洛)

走进唐诗

咏物

诗 / 人 / 小 / 传

▶▶ **崔珏** 字梦之,清河(今属河北)人,寄寓荆州(今湖北江陵)。大中进士。由幕府拜秘书省校书郎,为淇县令。官至待御史。《全唐诗》存其诗一卷。

和友人鸳鸯之什①(其一)

崔 珏

翠鬣红毛舞夕晖,水禽情似此禽稀。

暂分烟岛犹回首,只渡寒塘亦并飞。

映雾尽迷珠殿瓦,逐梭齐上玉人机。

采莲无限兰桡女,笑指中流羡尔归。

---

① 什:《诗经》雅、颂十篇为一什,故诗章有篇什之称。

这首诗很有特色,作者崔珏竟因此被誉为"崔鸳鸯"。

诗人咏鸳鸯,首先从羽色写起。他以"翠鬣红毛"来形容鸳鸯,又着意放在夕晖斜照的背景下来写,以夕晖的璀璨多彩来烘托鸳鸯羽色的五彩缤纷,这就把鸳鸯写得更加美丽可爱了。"舞"字下得尤妙。它启发读者去想象鸳鸯浮波弄影、振羽欢鸣的种种姿态,云锦、波光交融闪烁的绮丽景象。只此一字,使整个画面气势飞动,意趣盎然。

然而,鸳鸯之逗人喜爱,并非仅仅因其羽色之美,而是因为它们习惯于双飞并栖,雌雄偶居不离。人们正是取其这一点,用以象征忠贞不渝的爱情。所以,诗的第二句直接点明多情这一最重要的特征。一语破的,切中肯綮。以下各联就紧紧抓住这一"情"字,从各方面去加以表现。

第二联正面描写鸳鸯之多情、重情。"暂分烟岛犹回首,只渡寒塘亦并飞",诗人从鸳鸯日常的飞鸣宿食中选择这两个最能表现其多情的细节,淡笔轻描,就把鸳鸯的习性表现得惟妙惟肖,淋漓尽致。这一联对偶工整而又自然流利。造成一种纤徐舒缓、一唱三叹的艺术效果,使鸳鸯的"情"显得更加细腻缠绵、深挚感人。这一联历来为人称道,成为传颂不衰的名句。

正因为鸳鸯是幸福美好的象征,人们常常以它来寄托美好的理想和愿望。第三联就是从人和鸳鸯的这种联系上生发联想,进一步表现鸳鸯的情。"映雾尽迷珠殿瓦",诗人想象鸳鸯在淡淡的晨雾中飞翔,透过五彩烟霞看见了鸳鸯瓦相依相并,不禁为之动情而迷恋不已。"逐梭齐上玉人机",织有鸳鸯图案的锦缎叫鸳鸯锦,而诗人却幻想是鸳鸯双双追逐着梭子,飞上了织机。构思奇特,处处突出一个"情"字。

以上六句直咏本题,尾联则别开一境,宕出远神。诗人由想象回到实景。此刻,晚风初起,暮色渐浓,采莲姑娘打桨归来,阵阵笑声掠过水面,惊起一对对鸳鸯,扑剌剌比翼而飞。"笑指"二字,十分传神,使女伴们互相戏谑、互相祝愿、娇羞可爱的神态,呼之欲出,把人物的情和鸳鸯的"情"融为一体。这里不似写鸳鸯,却胜似写鸳鸯,有"不著一字,尽得风流"之妙。就全诗布局看,这尾联既与开篇紧相呼应,有如神龙掉首,又使"结句如撞钟,清音有余"(明谢榛《四溟诗话》)。青春的欢笑声,不绝如缕,把读者带入了优美隽永的意境之中。

(徐定祥)

诗 / 人 / 小 / 传

▶ **曹邺** 字邺之,一作业之,桂州阳朔(今属广西)人。大中进士,官祠部郎中、洋州刺史、吏部郎中等,乾符间卒。其诗多抒写其政治上不得志的感慨。与刘驾为诗友,俱工古体,时称"曹刘"。原有集,已散佚,宋人辑有《曹祠部集》。

官 仓 鼠

曹 邺

官仓老鼠大如斗,见人开仓亦不走。

健儿无粮百姓饥,谁遣朝朝入君口?

赏析

　　这首诗如题所示,写的是官仓里的老鼠。

　　诗的前两句貌似平淡而又略带夸张,形象地勾画出官仓鼠不同凡鼠的特征和习性。谁都知道,老鼠历来是以"小"和"怯"著称的。然而官仓鼠却非同一般:它们不仅"大",而且"勇"。官仓鼠何以能至于此呢?这一点,读者稍加思索,亦不难明白:"大",是饱食积粟的结果;"勇",是无人去整治它们,所以见人而不遁逃。

　　第三句突然由"鼠"写到"人"。官仓里的老鼠被养得又肥又大,前方守卫边疆的将士和后方终年辛劳的百姓却仍然在挨饿!诗人以强烈的对比,把一个令人触目惊心的矛盾展现在读者面前。面对这样一个人不如鼠的社会现实,第四句的质问就脱口而出了:是谁把官仓里的粮食日复一日地供奉到老鼠嘴里去的?

　　至此,诗的隐喻意很清楚了。官仓鼠是比喻那些只知道吮吸人民血汗的贪官污吏;而这些两条腿的"大老鼠"所吞食掉的,是从人民那里搜刮来的民脂民膏。尤其使人愤慨的是,官仓鼠作了这么多孽,竟然可以有恃无恐,这又是谁在作后台呢?"谁遣朝朝入君口?"诗人故执一问,含蓄不尽。"谁"字下得极妙,耐人寻思。它有意识地引导读者去探索造成这一不合理现象的根源,把矛头指向了最高统治者,主题十分鲜明。

这种以大老鼠来比喻、讽刺剥削者的写法,早在《诗经·魏风·硕鼠》中就有。不过,在《硕鼠》中,诗人反复冀求的是并不存在的"乐土""乐国""乐郊";而《官仓鼠》却能面对现实,引导人们去探求苦难的根源,在感情上也更加强烈。这不能不说是一种发展。

这首诗,从字面上看,似乎只是揭露官仓管理不善,细细体味,却句句是对贪官污吏的诛伐。诗人采用的是民间口语,然而譬喻妥帖,词浅意深。他用"斗"这一粮仓盛器来比喻官仓鼠的肥大,既形象突出,又点出了鼠的贪心。最后一句,又把"鼠"称为"君",俨然以人视之而且尊之,讽刺性极强,深刻地揭露了这个是非颠倒的黑暗社会。

(冯伟民)

▶▶ **张孜** 京兆(今陕西西安)人。懿宗、僖宗时处士。耽酒如狂。初作多不善,后颇有伤时之作,为时人所称。《全唐诗》存其诗一首。

雪 诗

张 孜

长安大雪天, 鸟雀难相觅。

其中豪贵家, 捣椒泥四壁。

到处爇红炉, 周回下罗幂。

暖手调金丝, 蘸甲①斟琼液。

醉唱玉尘②飞, 困融香汗滴。

岂知饥寒人, 手脚生皲劈。

---

① 蘸甲:酒斟满,捧觞必蘸指甲,故古人称斟满酒为蘸甲。

② 玉尘:指雪。

　　张孜生当唐末政治上极其腐朽的懿宗、僖宗时代。他写过一些抨击时政、反映社会现实的诗篇,遭到当权者的追捕,被迫改名换姓,渡淮南逃。他的诗大都散佚,仅存的就是这一首《雪诗》。

　　诗分三层:头两句为一层,点明时间、地点、环境;中八句为一层,揭露了"豪贵家"征歌逐舞的豪奢生活;后两句为一层,写"饥寒人"的贫苦。

诗以"长安"开头,表明所写的内容是唐朝京都的见闻。"大雪天",雪大到何种程度呢?诗人形象地用"鸟雀难相觅"来说明。大雪纷飞,迷茫一片,连鸟雀也迷失了方向。这就为后面的描写、对比安排了特定环境。

以下,从大雪天的迷茫景象写到大雪天"豪贵家"的享乐生活。"捣椒泥四壁",是把花椒捣碎,与泥混合,涂抹房屋四壁。这里写"豪贵家"以椒泥房,可以想见室内的温暖、芳香与华丽。

"到处爇红炉"两句,写室内的陈设。既然是"豪贵家",他们陈设之富丽,器物之精美,自不待言。

"暖手调金丝"四句,写"豪贵家"征歌逐舞、酣饮狂欢的筵席场面。室外雪花纷飞狂舞,室内歌舞仍然无休无止……这表明室外雪再大,风再猛,天再寒,而椒房之内,仍然春光融融一片。

诗的结尾,笔锋一转,"手脚生皴劈",写"饥寒人"在这大雪飞扬、地冻天寒的日子里,还在劳作不已,为生活而奔走,为生存而挣扎。"岂知",不仅是责问,简直是痛斥。作者愤怒之情,表露无遗。

《雪诗》把豪门贵族的糜烂生活,绘出三幅图画:富家椒房图、罗幕红炉图、弦歌宴饮图。前两幅是静状,后一幅是动态,都写得色彩秾丽,生动逼真。而在篇末,"岂知"一转,翻出新意,揭示贫富悬殊、阶级对立的社会现实,扩展、深化了主题思想。对比是《雪诗》在艺术手法上的一个显著的特色。这种对比,是深深植根于现实生活的,和诗的内容取得了高度的和谐与统一。全诗读来给人一种急切悲愤而又郁结难伸之情,感人肺腑。

(萧哲庵)

▶ **罗隐**(833—910) 字昭谏,杭州新城(今浙江杭州市富阳区西南)人。本名横,以十举进士不第,乃改名。在咸通、乾符中,与罗邺、罗虬合称"三罗"。光启中,入镇海军节度使钱镠幕,后迁节度判官、给事中等职。其诗颇有讽刺现实之作,多用口语,故少数作品能流传于民间。有诗集《甲乙集》,清人辑有《罗昭谏集》。

鹦　鹉

罗　隐

莫恨雕笼翠羽残,江南地暖陇西寒。

劝君不用分明语,语得分明出转难。

赏析

　　三国时的名士祢衡有一篇《鹦鹉赋》,是托物言志之作。祢衡为人恃才傲物,曾即席赋篇,假借鹦鹉以抒述自己托身事人的遭遇和忧谗畏讥的心理。罗隐的这首诗,命意亦相类似。

　　"陇西",指陇山(六盘山南段别称,延伸于陕西、甘肃边境)以西,旧传为鹦鹉产地,故鹦鹉亦称"陇客"。诗人在江南见到的这头鹦鹉,已被人剪了翅膀,关进雕花的笼子里,所以用一、二两句来安慰它:且莫感叹自己被拘囚的命运,这个地方毕竟比你的老家要暖和多了。细心人不难听出其弦外之音:尽管现在不愁温饱,而不能奋翅高飞,终不免叫人感到遗憾。罗隐生当唐末乱世,虽怀有匡时救世抱负,但屡试不第,流浪大半辈子,到五十五岁那年投奔割据江浙一带的钱镠,才算有了安身之地。他这时的处境,跟这头笼中鹦鹉颇有某些相似。这两句诗分明写他那种自嘲而又自解的矛盾心理。

　　"劝君不用分明语,语得分明出转难。"鹦鹉的特点是善于学人言语,后面两句诗就抓住这点加以生发。诗人以告诫的口吻对鹦鹉说:你还是不要说话过于明白吧,明白的话语反而难以出口呵!意思是:语言不慎,足以招祸;为求免祸,必须慎言。当然,显然又是作者的自我比况。据传罗隐在江东很受钱镠礼遇。但罗隐愤世嫉俗的思想和好为讥刺的习气,一时也难以改变,在这种情况下,诗人对钱镠产生某种疑惧心理,完全是可理解的。

　　这首咏物诗,不同于一般的比兴托物,而是借用向鹦鹉说话的形式来吐露自己的心曲,劝鹦鹉实是劝自己,劝自己实是抒泄自己内心的悲慨,淡淡说来,却耐人咀嚼。

(陈伯海)

金　钱　花

罗　隐

占得佳名绕树芳,依依相伴向秋光。

若教此物堪收贮,应被豪门尽劚①将。

----

① 劚(zhú):掘,砍。

　　这是一首托物寄意的诗。"金钱花"即旋覆花,夏秋开花,花色金黄,花朵圆而覆下,中央呈筒状,形如铜钱,娇美可爱。诗题《金钱花》,然而其主旨并不在咏花。

　　起句"占得佳名绕树芳",一开头,诗人就极口称赞花的名字起得好。"占得佳名",用字遣词,值得细细玩味。"绕树芳"三字则不仅传神地描绘出金钱花柔弱美丽的身姿,而且告诉人们,它还有沁人心脾的芳香呢!这一句,作者以极为赞赏的口吻,写出了金钱花的名称、形态、香气,引人瞩目。

　　"依依相伴向秋光",与上一句意脉相通。金钱花一朵挨着一朵,丛丛簇簇,就像情投意合的伴侣,卿卿我我,亲密无间,给人以悦目怡心、美不胜收之感。金黄色的花朵又总是迎着阳光开放,色泽鲜丽,娇美动人。作者把金钱花写得多么楚楚动人,可亲可爱。

　　光就上两句看,诗人似乎只在欣赏花草。然一读下文,便知作者匠心独运,旨意全在引起后边两句议论:"若教此物堪收贮,应被豪门尽劚将。"金钱花如此娇柔迷人,如果它真的是金钱可以收藏的话,那些豪门权贵就会毫不怜惜地把它全部掘尽砍光了!这二句,出言冷隽,恰似一把锋利的匕首,一下戳穿了剥削者残酷无情、贪得无厌的本性。由此可见,作者越是渲染金钱花的姿色和芳香,越能反衬出议论的力量。前后鲜明的对照,突出了诗的主旨。而后二句中作者故意欲擒先纵,先用了一个假设的口气,随后一个"尽"字,予以坚决肯定。诗意跌宕,显得更加有力。

　　罗隐的诗,笔锋犀利泼辣,善于把冷隽的讽刺与深沉的愤怒有机地结合在一起,堪称别具一格。

（施绍文）

柳

罗　隐

灞岸晴来送别频，相偎相倚不胜春。

自家飞絮犹无定，争解垂丝绊路人？

赏析

　　这首咏柳七绝是写暮春晴日长安城外、灞水岸边的送别情景的。不过它不是写自己送别，而是议论他人送别；不是议论一般的夫妻或亲友离别相送，而是有感于倡女送别相好的缠绵情景。而这一切，是运用比兴的手法，托物写人，借助春柳的形象来表现。因而较之一般的送别诗，这首咏柳诗在思想和艺术上都很有新意。

　　诗题曰《柳》，即是咏柳，因而通篇用赋，但又有比兴。它的比兴手法用得灵活巧妙，若即若离，亦比亦兴。首句即景兴起，赋而兴，以送别带出柳：晴和的春日，灞水桥边，一批又一批的离人，折柳送别。次句写柳条依拂，相偎相倚，比喻显豁，又兴起后两句的感慨。"相偎相倚"，写出春风中垂柳婀娜姿态，更使人想见青年男女临别时亲昵、难舍的情景。他们别情依依，不胜春意缠绵。后二句，感慨飞絮无定和柳条缠人，赋柳而喻人，点出暮春季节，点破送别双方的身份。诗人以"飞絮无定"，暗喻这种女子自身的命运归宿都掌握不了，又以"垂丝绊路人"，指出她们不能、也不懂得那些过路客人的心情，用缠绵的情丝是留不住的。"争"，通"怎"。末句一作"争把长条绊得人"，语意略同,更直截点出她们是青楼倡女。总起来说,诗意是在调侃这些身不由己的倡女,可怜她们徒然地卖弄风情,然而诗人的态度是同情的、委婉的,有一种难名的感喟在其中。

在唐代,士子和倡女是繁华都市中的两种比较活跃的阶层。他们之间的等级地位迥别,却有种种联系;更有某种共同命运、类似遭遇。在这首《柳》中,罗隐有意无意地在嘲弄他人邂逅离别之中,流露一种自我解嘲的苦涩情调。诗人虽然感慨倡女身不由己,但他也懂得自己的命运同样不由自主。所以在那飞絮无定、柳丝缠人的意象中,寄托的不只是倡女自家与所别路人的命运遭遇,而是包括诗人自己在内的所有"天涯沦落人"的不幸,是一种对人生甘苦的深沉的喟叹。

这首诗句句赋柳,而句句比人,暗喻贴切,用意明显,同时由比而兴,引出议论。所以赋柳、喻人、描写、议论,笔到意到,浑然融合,发人兴味。在唐人咏柳绝句中,亦自独具一格。

（倪其心）

蜂

罗　隐

不论平地与山尖,无限风光尽被占。

采得百花成蜜后,为谁辛苦为谁甜?

蜂与蝶在诗人词客笔下，成为风韵的象征。然而小蜜蜂毕竟与花蝴蝶不同，它是为酿蜜而劳苦一生，积累甚多而享受甚少。诗人罗隐着眼于这一点，写出这样一则寄慨遥深的诗的"动物故事"。仅其命意就令人耳目一新。此诗艺术表现上值得注意的有三点：

一、欲夺故予，反跌有力。此诗寄意集中在末二句，慨蜜蜂一生经营，除"辛苦"而外并无所有。然而前两句却用几乎是矜夸的口吻，说无论是平原田野还是崇山峻岭，凡是鲜花盛开的地方，都是蜜蜂的领地。其实这只是正言欲反、欲夺故予的手法，为末二句作势。

二、叙述反诘，唱叹有情。此诗采用了夹叙夹议的手法，但议论并未明确发出，而运用反诘语气道之。前二句主叙，后二句主议。本来反诘句的意思只是：为谁甜蜜而自甘辛苦呢？却分成两问："为谁辛苦"？"为谁甜"？亦反复而不重复。言下辛苦归自己、甜蜜属别人之意甚显。而反复咏叹，使人觉感慨无穷。诗人矜惜怜悯之意可掬。

三、寓意遥深，可以两解。此诗抓住蜜蜂特点，不做作，不雕绘，不尚辞藻，虽平淡而有思致，使读者能从这则"动物故事"中若有所悟，觉得其中寄有人生感喟。有人说此诗实乃叹世人之劳心于利禄者；有人则认为是借蜜蜂歌颂辛勤的劳动者，而对那些不劳而获的剥削者以无情讽刺。两种解会似相龃龉，其实皆允。因为"寓言"诗有两种情况：一种是作者为某种说教而设喻，寓意较浅显而确定；另一种是作者怀着浓厚感情观物，使物著上人的色彩，其中也能引出教训，但"寓意"就不那么浅显和确定。如此诗，大抵作者从蜂的"故事"看到那时苦辛人生的影子，但他只把"故事"写下来，不直接说教或具体比附，创造的形象也就具有较大灵活性。而现实生活中存在着不同意

142

义的苦辛人生,与蜂相似的主要有两种:一种是所谓"终朝聚敛苦无多,及到多时眼闭了"(《红楼梦》"好了歌");一种是"运锄耕劚侵星起"而"到头禾黍属他人"(张碧《农父》)。这就使得读者可以在两种意义上作不同的理解了。但是,随着时代的前进,劳动光荣成为普遍观念,"蜂"越来越成为一种美德的象征,人们在读罗隐这诗的时候,自然更多地倾向于后一种解会了。可见,"寓言"的寓意并非一成不变,古老的"寓言"也会与日俱新。

(周啸天)

▶▶ **陆龟蒙**(？—约881) 字鲁望，姑苏(今江苏苏州)人。曾任苏、湖二州从事，后隐居甫里，自号江湖散人、甫里先生，又号天随子。与皮日休齐名，人称"皮陆"。诗以写景咏物为多。有《甫里集》。

走进唐诗

咏物

白　莲

陆龟蒙

素蘤①多蒙别艳欺，此花端合在瑶池。

无情有恨何人觉，月晓风清欲堕时。

---

① 蘤(huā)：古"花"字。这里的素蘤，就是素质的意思。

赏析

　　咏物诗，描写的是客观存在着的具体的事物形象；然而这形象在艺术上的再现，则是诗人按照自己的主观感觉描绘出来的，多少总带有一种抒情的意味。以抒情的心理咏物，这样，物我有情，两相浃洽，才能把它活生生地写到纸上，才是主客观的统一体。陆龟蒙的这首《白莲》，对我们有所启发。

　　莲花红多而白少，人们一提到莲花，总是欣赏那红裳翠盖，又有谁注意这不事铅华的白莲！然而"清水出芙蓉，天然去雕饰"(李白《经乱离后天恩流夜郎忆旧游书怀赠江夏韦太守良宰》)，真正能够见出莲花之美的，应该是在此而不在彼。从这个意义来说，那红莲不过是"别艳"罢了。"素蘤多蒙别艳欺"，白莲，她凌波独立，不求人知，独自

144

寂寞地开着,好像是"无情的"。可是秋天来了,绿房露冷,素粉香消,她默默地低着头,又似乎有无穷的幽恨。倘若在"月晓风清"朦胧的曙色中去看这将落未落的白莲,你会感到她是多么动人!简直是瑶池仙子的化身,和俗卉凡葩有着天人之别了。

这诗是咏白莲的,全诗从"素蘤多蒙别艳欺"一句生发出新意;然而它并没有黏滞于色彩的描写,更没有着意于形状的刻画,而是写出了花的精神。特别后两句,诗人从不即不离的空际着笔,把花写得若隐若现,栩栩如生。花,简直融化在诗的意境里;花,简直人格化,个性化了。

一首短短的咏物小诗,能够达到这样的境界,是和诗人的生活情感分不开的。我们知道陆龟蒙处在唐末动乱的年代里,隐居在江南的水乡甫里(今江苏苏州市吴中区用直镇)。他对当时黑暗的政治有所不满,虽退隐山林,然其并没有忘记天下。因此,他对出淤泥而不染、淡雅高洁的白莲,有着一种特殊的爱好;而这种心情的自然流露,使我们读了此诗后,感到此中有人,呼之欲出。

(马茂元)

▶▶ **黄巢**(？—884) 曹州冤句(今山东曹县西北)人。私盐贩出身。曾到长安应试,未举。乾符二年(875)领导农民起义,广明元年在长安建大齐国,登皇帝位,年号金统。后战败自杀。《全唐诗》存其诗三首。其中《自题像》一首,系元稹诗混入者。

题 菊 花

黄 巢

飒飒西风满院栽,蕊寒香冷蝶难来。

他年我若为青帝,报与桃花一处开。

赏析

　　唐末诗人林宽有这样两句诗:"莫言马上得天下,自古英雄皆解诗。"(《歌风台》)古往今来,确有不少能"解诗"的英雄,唐末农民起义领袖黄巢就是其中突出的一个。自从东晋陶渊明"采菊东篱下,悠然见南山"(《饮酒二十首》其五)的名句一出,菊花就和孤标傲世的高士、隐者结下了不解之缘,几乎成了封建文人孤高绝俗精神的一种象征。黄巢的菊花诗,却完全脱出了同类作品的窠臼,表现出全新的思想境界和艺术风格。

　　第一句写满院菊花在飒飒秋风中开放。写菊花迎风霜开放,以显示其劲节,这在文人的咏菊诗中也不难见到;但"满院栽"却显然不同于文人诗中菊花的形象。黄巢的诗独说"满院栽",是因为在他心目中,这菊花是劳苦大众的象征,与"孤"字无缘。

　　菊花迎风霜开放,固然显出它的劲节,但时值寒秋,"蕊寒香冷蝶难来",却是极大的憾事。在旧文人的笔下,这个事实通常引起两种感情:孤芳自赏与孤子不偶。作者的感情有别于此。在他看来,"蕊寒香冷"是因为菊花开放在寒冷的季节,他自不免为菊花的开不逢时而惋惜、而不平。

三、四两句正是上述感情的自然发展,揭示环境的寒冷和菊花命运的不公平。作者想象有朝一日自己作了"青帝"(司春之神),就要让菊花和桃花一起在春天开放。这一充满强烈浪漫主义激情的想象,集中地表达了作者的宏伟抱负。诗中的菊花,是当时社会上千千万万处于底层的人民的化身。作者既赞赏他们迎风霜而开放的顽强生命力,又深深为他们所处的环境、所遭的命运而愤激不平,立志要彻底加以改变。值得注意的是,这里还体现了农民朴素的平等观念。因为在作者看来,菊花和桃花同为百花之一,理应享受同样的待遇,菊花独处寒秋,蕊寒香冷,实在是天公极大的不公。因此他决心要让菊花同桃花一样享受春天的温暖。不妨认为,这是诗化了的农民平等思想。

这里还有一个靠谁来改变命运的问题。是祈求天公的同情与怜悯,还是"我为青帝",取而代之?其间存在着做命运的奴隶和做命运的主人的区别。诗的作者说:"我为青帝。"这豪迈的语言,正体现了农民阶级领袖人物推翻旧政权的决心和信心。而这一点,也正是一切封建文人所不能超越的铁门槛。

这首诗所抒写的思想感情是非常豪壮的,它使生活在封建社会中的文人学士表达自己胸襟抱负的各种豪言壮语都相形失色。但它并不流于粗豪,仍不失含蕴。这是因为诗中成功地运用了比兴手法,而比兴本身又融合着作者对生活的独特感受与理解的缘故。

(刘学锴)

147

菊　花

黄　巢

待到秋来九月八，我花开后百花杀。

冲天香阵透长安，满城尽带黄金甲。

这首诗的题目，《全唐诗》作"不第后赋菊"，大概是根据明代郎瑛《七修类稿》引《清暇录》关于此诗的记载。但《清暇录》只说此诗是黄巢落第后所作，题为"菊花"。

重阳节有赏菊的风俗，相沿既久，这一天无形中也成了菊花节。这首菊花诗，其实并非泛咏菊花，而是遥庆菊花节。因此一开头就是"待到秋来九月八"，不说"九月九"而说"九月八"，是为了押入声韵，借此造成一种斩截、激越、凌厉的声情气势。作者要"待"的那一天，是天翻地覆、扭转乾坤之日，因而这"待"是充满热情的期待，是热烈的向往。而这一天，又绝非虚无缥缈，可望而不可即，而是如同春去秋来、时序更迁那样，一定会到来的，因此，语调轻松跳脱，充满信心。

"待到"那一天又怎样呢？照一般人的想象，无非是菊花盛开，清香袭人。作者却接以石破天惊的奇句——"我花开后百花杀"。这里特意将菊花之"开"与百花之"杀"（凋零）并列，构成鲜明对照。作者亲切地称菊花为"我花"，显然是把它作为广大被压迫人民的象征，那么，与之相对立的"百花"自然是喻指反动腐朽的封建统治集团了。

这一句斩钉截铁,形象地显示了农民革命领袖果决坚定的精神风貌。

三、四句承"我花开",极写菊花盛开的壮丽情景:整个长安城,都开满了带着黄金盔甲的菊花。它们散发出的阵阵浓郁香气,直冲云天,浸透全城。想象奇特,设喻新颖,辞采壮伟,意境瑰丽,都可谓前无古人。菊花,在封建文人笔下,最多不过把它作为劲节之士的化身,赞美其傲霜的品格;这里却赋予它农民起义军战士的战斗风貌与性格,把黄色的花瓣设想成战士的盔甲,使它从幽人高士之花成为革命战士之花。正因为这样,作者笔下的菊花也就一改幽独淡雅的静态美,显现出一种豪迈粗犷、充满战斗气息的动态美。它既非"孤标",也不止"丛菊",而是花开满城,占尽秋光,散发出阵阵芳香,所以用"香阵"来形容。"冲""透"二字,分别写出其气势之盛与浸染之深,生动地展示出农民起义军攻占长安、主宰一切的胜利前景。

黄巢的两首菊花诗,无论意境、形象、语言、手法都使人一新耳目。艺术想象和联想是要受到作者世界观和生活实践的制约的。没有黄巢那样的革命抱负、战斗性格,就不可能有"我花开后百花杀"这样的奇语和"满城尽带黄金甲"这样的奇想。把菊花和带甲的战士联结在一起,赋予它一种战斗的美,这只能来自战斗的生活实践。"自古英雄尽解诗"(林宽《歌风台》),也许正应从这个根本点上去理解吧。

(刘学锴)

诗 / 人 / 小 / 传

▶▶ **来鹄**（？—约883）　豫章（今江西南昌）人。咸通间举进士不第，隐居山泽。后客死扬州。其诗多写旅居漂流、穷愁困苦的生活，亦有关注民意疾苦之作。《全唐诗》存其诗一卷。

走进唐诗

咏物

云

来　鹄

千形万象竟还空，映水藏山片复重。

无限旱苗枯欲尽，悠悠闲处作奇峰。

赏析

　　夏云形状奇特，变幻不常。"夏云多奇峰"（后唐李存勖《歌头》），是历来传诵的名句。但这首诗的作者似乎对悠闲作态的夏云颇为憎厌，这是因为作者的心境本来就并不悠闲，用意又另有所属的缘故。

　　首句撇开夏云的各种具体形象，用"千形万象"一笔带过，紧接着写出"竟还空"。原来，诗人是怀着久旱盼甘霖的焦急心情注视着风云变幻。对他说来，夏云的千姿百态并没有实际意义，当然也就想不到要加以描写。云不断幻化出各种形象，诗人也不断重复着盼望、失望，最后，云彩随风飘散，化为乌有，诗人的希望也终于完全落空。"竟还空"三字，既含有事与愿违的深深失望，也含有感到被作弄之后的一腔怨愤。

　　次句写"竟还空"后出现的情形。云彩虽变幻以至消失，但期盼甘霖者仍在寻觅它的踪影。它仿佛故意与人们捉迷藏，又好像故意在你面前玩戏法：忽而轻云片片,忽而重重叠叠。这就进一步写出了云的从容与悠闲之状、怡然自得之情,写出了它的故作姿态。而经历过失望、体验过被作弄的滋味的诗人,面对弄姿自媚的云,究竟怀着一种什么样的感情,也就可想而知了。

第三句是全诗的背景,与第四句形成鲜明尖锐的对照,取得更加强烈的艺术效果。第三句明显蕴含着满腔的焦虑、怨愤,第四句表面上几乎不带感情。一边是大片旱苗行将枯死,亟盼甘霖;一边却是夏云高高在上,悠闲容与,化作奇峰在自我欣赏。正是在跌宕有致的对比描写中,诗人给云的形象添上了画龙点睛的一笔,把憎厌如此夏云的感情推向了高潮。

一首不以描摹刻画为能事、有所托寓的咏物诗,总是能以它的生动形象启发人们去联想,去思索。这首诗,看来并不单纯是抒写久旱盼雨、憎厌旱云的感情。诗中"云"的形象,既具有自然界中夏云的特点,又概括了社会生活中某一类人的特征。不言而喻,这正是旧时代那些看来可以"解民倒悬"、实际上"不问苍生"的权势者的尊容。它的概括性是很高的,直到今天,我们还会感到诗里所描绘的人格化了的"云"是似曾相识的。

古代诗歌中咏云的名句很多,但用劳动者的眼光、感情来观察、描绘云的,却几乎没有。来鹄这位不大出名的诗人的这一首《云》,也许算得上最富人民性的咏云之作。

（刘学锴）

▶▶ **崔道融**（？—约907） 荆州（今湖北江陵）人。曾为永嘉令，累官右补阙。与司空图、方干等人友善。工于五绝。有《东浮集》十卷。《全唐诗》存其诗一卷。

溪上遇雨二首（其二）

崔道融

坐看黑云衔猛雨，喷洒前山此独晴。

忽惊云雨在头上，却是山前晚照明。

赏析

唐诗中写景通常不离抒情，而且多为抒情而设。即使纯乎写景，也渗透作者主观感情，写景即其心境的反光和折射；或者用着比兴，别有寄托。而这首写景诗不同于一般唐诗。它是咏夏天的骤雨，你既不能从中觅得何种寓意，又不能视为作者心境的写照。因为他实在是为写雨而写雨。

再从诗的艺术手法看，它既不合唐诗通常的含蓄蕴藉的表现手法，也没有通常写景虚实相生较简括的笔法。它的写法可用八个字概尽：穷形尽相，快心露骨。

夏雨有夏雨的特点：来速疾，来势猛，雨脚不定。这几点都被诗人准确抓住，表现于笔下。急雨才在前山，忽焉已至溪上，叫人避之不及，其来何快！以"坐看"从容起，而用"忽惊""却是"作跌宕转折，写出夏雨的疾骤。而一"衔"一"喷"，不但把黑云拟人化了（它像在撒泼、顽皮），形象生动，而且写出了雨的力度，具有一种猛烈浇注感。写云曰"黑"，写雨曰"猛"，均穷极形容。一忽儿东边日头西边雨，一忽儿西边日头东边雨，又写出由于雨脚转移迅速造成的一种自然奇观。这还不够，诗人还通过"遇雨"者表情的变化，先是"坐看"，继而"忽惊"，侧面烘托出夏雨的瞬息变化难以意料。通篇思路敏捷灵活，用笔新鲜活跳，措语尖新，令人可喜可愕，深得夏雨之趣。

（周啸天）

▶▶ **韩偓**(842—923?) 字致尧(一作致光),小字冬郎,自号玉山樵人,京兆万年(今陕西西安)人。龙纪进士。官翰林学士、中书舍人。天复初,随昭宗奔凤翔,进兵部侍郎、翰林承旨。后以不附朱温被贬斥,南依闽王审知而卒。其早年诗多写艳情,词藻华丽,有香奁体之称。后期诗风转变,不乏感时伤乱之作。有《韩内翰别集》。

惜 花

韩 偓

皱白离情高处切,腻红愁态静中深。

眼随片片沿流去,恨满枝枝被雨淋。

总得苔遮犹慰意,若教泥污更伤心。

临轩一盏悲春酒,明日池塘是绿阴。

赏析

　　人们都知道韩偓是写作"香奁诗"的名家,而不很注意到他也是题咏景物的能手。他的写景诗句,不仅刻画精微,构思新巧,且能透过物象形貌,把握其内在神韵,借以寄托自己的身世感慨,将咏物、抒情、感时三者融为一体,具有较强的感染力。本篇就是这方面的代表作。

　　诗题"惜花",是对于春去花落的一曲挽歌。诗人的笔触首先伸向枝头摇摇欲坠的残花:那高枝上的白花已经枯萎皱缩,自知飘零在即,离情十分悲切;底下的红花尚余粉光腻容,却也预感到未来的命运,在沉寂中愁态转深。用"皱白""腻红"指代花朵,"离情""愁态"

写残花的心理，都能切合各自特点，状物而得其神。未写落花先写残花，写残花又有将落未落之分，整个春去花落的过程就显得细腻而有层次，自然地烘托出诗人的流连痛惜的心情。

接着，诗篇展示了雨打风吹、水流花落的情景：眼睛追随着那一片片坠落水中的花瓣顺流而去，再抬头望见残留枝上的花朵还在受无情的风雨摧残，这满目狼藉的景象，怎不教人满怀怅恨？"随"，有追踪的意思。不说"眼看"，而说"眼随"，把诗人那种寄情于落花的难分难舍的心意表现出来了。至于"恨满"的"满"，既可以指诗人惆怅满怀，也可以理解为诗人的伤痛漫溢到每一株被雨淋湿的花枝上。

再进一步，诗人设想花落后的遭遇。美丽的花瓣散落在地面上，设使能得到青苔遮护，还可稍稍慰藉人意；而如果一任泥土污损，岂不更令人黯然伤神？两句诗一放一收，波澜顿挫，而诗人对落花命运的深切关怀与悼惜，也从中得到了体现。

末了，诗人因无计留住春光，悲不自胜，只有临轩凭吊，对酒浇愁，遥想明日残红去尽，只有绿沉沉的树荫映入池塘。结尾一句不言花尽，而其意自明。委婉含蓄的笔法，正显示诗人那种不愿说、不忍说而又不得不说的内心矛盾。

全诗从残花、落花、花落后的遭遇一直写到诗人的送花、别花和想象中花落尽的情景，逐层展开，逐层推进，用笔精细入微。整个过程中，又紧紧扣住一个"惜"字，反复渲染，反复加深，充分展现了诗人面对春花消逝的流连哀痛心情。"流水落花春去也"，这仅仅是对于大自然季节变化的悲感吗？当然不限于此。近人吴闿生认为其中暗寓"亡国之恨"，虽不能指实，但看它写得那么幽咽迷离、凄婉入神，交织着诗人自己的身世怀抱，殆无可疑。

（陈伯海）

▶ **吴融**（？—903） 字子华,越州山阴(今浙江绍兴)人。龙纪进士。历任侍御史、左补阙,拜中书舍人,进户部侍郎。凤翔劫迁,客居阆乡。后召为翰林承旨,卒。有《唐英集》三卷。《全唐诗》存其诗四卷。

子 规

吴 融

举国繁华委逝川,羽毛飘荡一年年。

他山叫处花成血,旧苑春来草似烟。

雨暗不离浓绿树,月斜长吊欲明天。

湘江日暮声凄切,愁杀行人归去船。

　　子规,是杜鹃鸟的别称。古代传说,它的前身是蜀国国王,名杜宇,号望帝,后来失国身死,魂魄化为杜鹃,悲啼不已。本篇咏写子规,就从这个故事落笔,设想杜鹃鸟离去繁华的国土,年复一年地四处飘荡。这个悲剧为下面抒写悲慨之情作了铺垫。

　　由于哀啼声切,加上鸟嘴呈现红色,旧时又有杜鹃泣血的传闻。诗人借取这个传闻发挥想象,把原野上的红花说成杜鹃口中的鲜血染成,增强了形象的感染力。可是,这样悲鸣又能有什么结果呢? 故国春来,依然是一片草木荣生,丝毫也不因子规的伤心而减损其生机。这里借春草作反衬,把它们欣欣自如的神态视为对子规啼叫漠然无情

走进唐诗 咏物

的表现,想象之奇特更胜过前面的泣花成血。这一联中,"他山"(指异乡)与"旧苑"对举,一热一冷,映照鲜明,更突出了杜鹃鸟孤身飘荡、哀告无门的悲惨命运。

后半篇继续展开对子规啼声的描绘。雨昏风冷,它苦苦嘶唤;月落影斜,它凄然长鸣。它不停地悲啼,不停地倾诉伤痛,从晴日至阴雨,从夜晚到天明。这一声声哀厉而又执着的呼叫,在江边日暮时分传入船上行人耳中,怎不触动人们的旅思乡愁和各种不堪回忆的往事,叫人黯然魂销、伤心欲泣呢?

从诗篇末尾的"湘江"看,这首诗写在今湖南一带。作者吴融唐昭宗时在朝任职,一度受牵累罢官,流寓荆南。本篇大约就反映了他仕途失意而又远离故乡的痛苦心情。诗歌借咏物托意,通篇扣住杜鹃鸟啼声凄切这一特点,反复着墨渲染,但又不陷于单调、死板地勾形摹状,而能将所咏对象融入多样化的情景与联想中,正写侧写、虚笔实笔巧妙地结合使用,达到"状物而得其神"的艺术效果。这无疑是对写作咏物诗的有益启示。

(陈伯海)

途 中 见 杏 花

吴 融

一枝红艳出墙头,墙外行人正独愁。

长得看来犹有恨,可堪逢处更难留!

林空色暝莺先到,春浅香寒蝶未游。

更忆帝乡千万树,澹烟笼日暗神州。

赏析

　　诗人漂泊在外,偶然见到一枝杏花,触动他满怀愁绪和联翩浮想,写下这首动人的诗。

　　"春色满园关不住,一枝红杏出墙来",是宋人叶绍翁《游园不值》中的名句。杏花开在春天到来的时候,就仿佛青春和生命的象征。经历过严冬漫长蛰居生活的人,早春季节走出户外,忽然望见邻家墙头上伸出一枝俏丽的花朵,是多么欣喜激动!叶绍翁的诗句就反映了这样的心理。可是吴融对此却别有衷怀。他正独自奔波于旅途中,各种忧思盘结胸间,那枝昭示着青春与生命的杏花映入眼帘,却在他心头留下别样的苦涩滋味。

　　他并不是不爱鲜花与春天,但一想到,花开易落,青春即逝,就是永远守着这枝鲜花观赏,又能看得几时?想到这里,不免牵惹起无名的惆怅情绪。更何况自己行色匆匆,难以驻留,等不及花朵开尽,即刻就要离去。缘分如此短浅,怎不令人倍觉难堪?

　　由于节候尚早,未到百花吐艳时分,树木还是空疏疏的,空气里的花香仍夹带着料峭的寒意,蝴蝶不见飞来采蜜,只有归巢的黄莺聊相陪伴。在这种情景下独自盛开的杏花,难道不感到有几分孤独寂寞吗?这里显然融入诗人的身世之感,而杏花的形象也就由报春使者,转化为诗人的自我写照。

　　想象进一步驰骋,从眼前的鲜花更联想及往年在京城长安看到的千万树红杏。景象是何等绚丽夺目呀!浮现于脑海的这幅长安杏花图,实际上代表着他深心忆念的长安生活。诗人被迫离开朝廷,到处飘零,心思仍然萦注于朝中。末尾这一联想的飞跃,恰恰泄露了他内心的秘密,点出了他的愁怀所在。

诗篇借杏花托兴,展开多方面的联想,把自己的惜春之情、流离之感、身世之悲、故国之思,一层深一层地抒写出来,笔法特别委婉细腻。晚唐诗人中,吴融作为温(庭筠)、李(商隐)诗风的追随者,其最大特色则在于将温、李的缛丽温馨引向了凄冷清疏的一路。本篇可视为这方面的代表作。

（陈伯海）

▶▶ **郑谷** 字守愚,宜春(今属江西)人。光启进士。官都官郎中,人称郑都官。又以《鹧鸪诗》得名,人称郑鹧鸪。约卒于梁初。其诗多写景咏物之作,风格清新通俗。有《郑守愚文集》。

菊

郑　谷

王孙莫把比蓬蒿,九日枝枝近鬓毛。

露湿秋香满池岸,由来不羡瓦松高。

　　这是一首咏物诗。作者咏菊,通篇不着一"菊"字,但句句均未离开菊:从菊的貌不惊人,写到人们爱菊,进而写菊花的高尚品格,点出他咏菊的主旨。

　　"王孙莫把比蓬蒿",蓬蒿是一种野生杂草。菊,仅从其枝叶看,与蓬蒿有类似,那些四体不勤、五谷不分的公子王孙,是很容易把菊当作蓬蒿的。诗人劈头一句,就告诫他们莫要把菊同蓬蒿相提并论。这一句起得突兀,直截了当地提出问题,有高屋建瓴之势,并透露出对王孙公子的鄙夷之情。作为首句,有提挈全篇的作用。"九日枝枝近鬓毛",紧承首句点题。每年阴历九月九日,是重阳节。古人在这一天,有登高和赏菊的习惯,饮菊花酒,佩茱萸囊,还采撷菊花插戴于鬓上。诗人提及传统风习,就是暗点"菊"字,同时照应首句,说明人们与王孙公子不一样,对于菊是非常喜爱尊重的。这两句,从不同的人对菊的不同态度,初步点出菊的高洁。

三、四句集中写了菊的高洁气质和高尚品格。"露湿秋香满池岸",寥寥七字,写秋天早晨景象:太阳初升,丛丛秀菊,饱含露水,湿润晶莹,明艳可爱;缕缕幽香,飘满池岸,令人心旷神怡。菊花独具的神韵风采,跃然纸上。诗人在描写了菊的气质以后,很自然地归结到咏菊的主旨:"由来不羡瓦松高"。瓦松,是一种寄生在高大建筑物瓦檐处的植物。作者以池岸边的菊花与高屋上的瓦松作对比,意在说明菊花虽生长在沼泽低洼之地,却高洁、清幽,毫不吝惜地把它的芳香献给人们;而瓦松虽踞高位,实际上"在人无用,在物无成"。在这里,菊花被人格化了,作者赋予它以不求高位、不慕荣利的思想品质。"由来"与"不羡"相应,更加重了语气,突出了菊花的高尚气节。这结尾一句使诗的主题在此得到了抉示,诗意得到了升华。

咏物诗不能没有物,但亦不能为写物而写物。纯粹写物,即使逼真,也不过是"袭貌遗神",毫无生气。此诗句句切合一"菊"字,又句句都寄寓着作者的思想感情。菊,简直就是诗人自己的象征。

(徐定祥)

鹧 鸪

郑 谷

暖戏烟芜锦翼齐,品流应得近山鸡。

雨昏青草湖边过,花落黄陵庙里啼。

游子乍闻征袖湿，佳人才唱翠眉低。

相呼相应湘江阔，苦竹丛深日向西。

晚唐诗人郑谷，"尝赋鹧鸪，警绝"（元《唐才子传》），被誉为"郑鹧鸪"。可见这首鹧鸪诗是如何传诵于当时了。

鹧鸪，产于我国南部，形似雌雉，体大如鸠。其鸣为"钩辀格磔"，俗以为极似"行不得也哥哥"，故古人常借其声以抒写逐客流人之情。郑谷咏鹧鸪不重形似，而着力表现其神韵，正是紧紧抓住这一点来构思落墨的。

开篇写鹧鸪的习性、羽色和形貌。"暖戏烟芜锦翼齐"，开首着一"暖"字，便把鹧鸪畏寒喜暖的习性表现出来了。"锦翼"两字，又点染出鹧鸪斑斓醒目的羽色。在诗人的心目中，鹧鸪的高雅风致甚至可以和美丽的山鸡同列。在这里，诗人并没有对鹧鸪的形象作工雕细镂的描绘，而是通过写其嬉戏活动和与山鸡的比较作了画龙点睛式的勾勒，从而启迪人们丰富的联想。

首联咏其形，以下各联咏其声。然而诗人并不简单地摹其声，而是着意表现由声而产生的哀怨凄切的情韵。"青草湖"，即巴丘湖，在洞庭湖东南；黄陵庙，在湘阴县北洞庭湖畔。传说帝舜南巡，死于苍梧。二妃从征，溺于湘江，后人遂立祠于水侧，是为黄陵庙。这一带，历史上又是屈原流落之地，因而迁客流人到此最易触发羁旅愁怀。这样的特殊环境，已足以使人产生幽思遐想，而诗人笔下荒江、野庙更着以"雨昏""花落"，便形成了一种凄迷幽远的意境，渲染出一种令人魂销肠断的氛围。此时此刻，畏霜露、怕风寒的鹧鸪自是不能嬉戏自如，而只能愁苦悲鸣了。然而"雨昏青草湖边过，花落黄陵庙里啼"，反复吟咏，似又像游子征人涉足凄迷荒僻之地，聆听鹧鸪的声声哀鸣而黯然伤神。鹧鸪之声和征人之情，完全交融。这二句之妙，在于写出了鹧鸪的神韵。作者未拟其声，未绘其形，而读者似已闻其声，已睹其形，并深深感受到它的神情风韵了。

五、六两句，看来是从鹧鸪转而写人，其实句句不离鹧鸪之声，承接相当巧妙。"游子乍闻征袖湿"，是承上句"啼"字而来；"佳人才唱翠眉低"，又是因鹧鸪声而发。闺中少妇面对落花、暮雨，思念远行不归的丈夫，情思难遣，唱一曲《山鹧鸪》吧，可是才轻抒歌喉，便难以自持了。诗人选择游子闻声而泪下、佳人才唱而颦眉两个细节，有力地烘托出鹧鸪啼声之哀怨。在这里，人之哀情和鸟之哀啼，虚实相生，各臻其妙；而又互为补充，相得益彰。

末联诗人笔墨更为浑成。"行不得也哥哥"声声在浩瀚的江面上回响，是群群鹧鸪在低回飞鸣呢，抑或是佳人游子一"唱"一"闻"在呼应？这是颇富想象的。"湘江阔""日向西"，使鹧鸪之声越发凄唳，景象也越发幽冷。那些怕冷的鹧鸪忙于在苦竹丛中寻找暖窝，然而在江边踽踽独行的游子，何时才能返回故乡呢？终篇宕出远神，言虽尽而意无穷，透出诗人那沉重的羁旅乡思之愁。诗人紧紧把握住人和鹧鸪在感情上的联系，咏鹧鸪而重在传神韵，使人和鹧鸪融为一体，构思精妙缜密，难怪前人誉之为"警绝"了。

（徐定祥）

海　棠

郑　谷

春风用意匀颜色，销得^①携觞与赋诗。
秾丽最宜新著雨，娇娆全在欲开时。
莫愁粉黛临窗懒，梁广丹青点笔迟。
朝醉暮吟看不足，羡他蝴蝶宿深枝。

---

① 销得：值得之意。

赏析

　　在大自然的百花园里，海棠花素以娇美著称。春风仿佛着意用一种特别鲜艳的颜色染红她，打扮她。难怪诗人郑谷为之倾倒，为之销魂，赋诗称赞了。

　　大地春回，诗人放眼望去，只见微风过处，洒下一阵阵雨点；海棠新沾上晶莹欲滴的水珠，尘垢洗尽，花色格外光洁鲜妍。此时此刻，诗人惊讶地发觉，"新著雨"的海棠别具一番风韵，显得异常之美。人们知道，海棠未放时呈深红色，开后现淡红色，它动人之处就在于含苞待放之时。海棠花蕾刚着雨珠而又在"欲开时"，色泽分外鲜红艳丽，看上去有如少女含羞时的红晕，娇娆而妩媚。前人形容海棠"其花甚丰，其叶甚茂，其枝甚柔，望之绰绰如处女"（明王象晋《群芳谱·花谱》），唐人誉之为"花中神仙"。诗人善于捕捉海棠"新著雨""欲开时"那种秾丽娇娆的丰姿神采,着意刻画,把花的形态和神韵浮雕般地表现出来。诗情画意,给人以深刻的印象。

第三联诗人又从侧面对海棠进行烘托。那美丽勤劳的莫愁女为欣赏海棠的娇艳竟懒于梳妆,善画海棠的画家梁广也为海棠的娇美所吸引而迟迟不肯动笔,惟恐描画不出海棠的丰姿神韵。海棠的美丽和风韵也就可想而知。真所谓"不着一字,尽得风流"。

末联写诗人面对海棠,饮酒赋诗,流连忘返。看不足,写不完,甚至对蝴蝶能在海棠花上偎依而产生了艳羡之情,简直把诗人对海棠的赞美与倾慕之情表达得淋漓尽致。

这首诗从艺术家对海棠的审美活动中突出花之美与魅力,用的是一种推开一层、由对面写来的旁衬手法。这种手法从虚处见实,虚实相生,空灵传神,既歌颂了海棠的自然美,也表现出诗人对美的事物的热爱与追求。情与物相交流,人与花相默契,真不愧是一首咏海棠的佳作。

（何国治）

▶▶ **杜荀鹤**(846—904) 字彦之,号九华山人,池州石埭(今安徽石台)人。四十六岁才中进士。最后任五代梁太祖(朱温)的翰林学士,仅五日而卒。其诗语言通俗,部分作品反映唐末军阀混战中的社会矛盾和人民的惨痛境遇,在当时较突出。有《唐风集》。

走进唐诗

咏物

小 松

杜荀鹤

自小刺头深草里,而今渐觉出蓬蒿。

时人不识凌云木,直待凌云始道高。

这首小诗借松写人,托物讽喻,寓意深长。

松,树木中的英雄、勇士。数九寒天,百草枯萎,万木凋零,而它却苍翠凌云,顶风抗雪,泰然自若。然而凌云巨松是由小松成长起来的,小松虽小,即已显露出必将"凌云"的苗头。此诗前两句,生动地刻画出这一特点。

"自小刺头深草里"——小松刚出土,的确小得可怜,路边野草都比它高,以致被掩没在"深草里"。但它虽小而并不弱,在"深草"的包围中,它不低头,而是一个劲地向上冲刺,锐不可当。"刺"字不但准确地勾勒出小松外形的特点,而且把小松坚强不屈的性格、勇敢战斗的精神,活脱脱地勾画出来了。

"而今渐觉出蓬蒿"。蓬蒿,即蓬草、蒿草,草类中长得较高者。小松原先被百草踩在脚底下,可现在它已超出蓬蒿的高度;其他的草当然更不在话下。这个"出"是"刺"的必然结果,也是未来"凌云"的先兆。事物发展总是循序渐进,不可能一步登天,故小松从"刺头深草里"到"出蓬蒿",只能"渐觉"。是谁"渐觉"的呢?只有关心、爱护小松的人,时时观察、比较,才能"渐觉";至于那些不关心小松成长的人,视而不见,哪能谈得上"渐觉"呢?

三、四两句,作者笔锋一转,发出深深的慨叹:"时人不识凌云木,直待凌云始道高。"两个"凌云",前一个指小松,后一个指大松。大松"凌云",称赞它高,并不说明有眼力。小松尚幼小,和小草一样貌不惊人,如能识别出它就是"凌云木",而加以爱护、培养,那才是有识见。然而时俗之人所缺少的正是这个"识"字,故诗人感叹道:眼光短浅的"时人",是不会把小松看成是栋梁之材的,有多少小松,由于"时人不识",而被摧残、被砍杀啊!

杜荀鹤出身寒微,虽然年轻时就才华毕露,但由于"帝里无相识"(《辞九江李郎中入关》),以致屡试不中,报国无门,一生潦倒。埋没深草里的"小松",不也正是诗人的自我写照?

由于诗人观察敏锐,体验深切,诗中对小松的描写,精练传神;描写和议论,诗情和哲理,幽默和严肃,在这首诗中得到有机的统一,字里行间,充满理趣,耐人寻味。

(何庆善)

▶ **崔涂** 字礼山,江南人。光启进士。家境贫寒,一生多羁旅各地。诗多羁愁别恨之作,善于借景抒情。《全唐诗》存其诗一卷。

走进唐诗
咏物

孤　雁

崔　涂

几行归塞尽，念尔独何之？

暮雨相呼失，寒塘欲下迟。

渚云低暗度，关月冷相随。

未必逢矰缴①，孤飞自可疑。

---

① 矰(zēng)：短箭。缴(zhuó)：系箭的丝绳。

赏析

　　这首诗全篇皆实赋孤雁，"诗眼"就是一个"孤"字。一个"孤"字将全诗的神韵、意境凝聚在一起，浑然天成。

　　为了突出孤雁，首先要写出"离群"这个背景。作者本是江南人，一生中常在巴、蜀、湘、鄂、秦、陇一带作客，多天涯羁旅之思。此刻想是站在驿楼上，极目远望：只见天穹之下，几行鸿雁，展翅飞行，向北而去。渐渐地，群雁不见了，只留下一只孤雁，在低空盘旋。这两句中，尤应注意"行"和"独"。有了"行"与"独"作对比，孤雁就突现出来了。"念尔"二字，隐蕴诗人同情之心。写得很妙，笔未到而气已吞,隐隐地让一个"孤"字映照通体,统摄全局。"独何之",则可见诗人这时正羁留客地,借孤雁以写离愁。

颔联是全篇的警策。第三句是说失群的原因,第四句是说失群之后仓皇的表现,既写出当时的自然环境,也刻画出孤雁的神情状态。暮雨苍茫,一只孤雁在空中嘹嘹呖呖,呼寻伙伴。它经不住风雨的侵凌,再要前进,已感无力;面前恰有一个池塘,想下来栖息,却又影单心怯,几度盘旋。那种欲下未下的举动,迟疑畏惧的心理,写得细腻入微。可以看出,作者是把自己孤凄的情感熔铸在孤雁身上了,从而构成一个统一的艺术整体,读来如此逼真动人。

颈联是承颔联而来,写孤雁穿云随月,振翅奋飞,然而仍是只影无依,凄凉寂寞。"渚云低"是说乌云逼近洲渚,对孤雁来说,便构成了一个压抑的、恐怖的氛围,孤雁就在那样惨淡的昏暗中飞行。这时作者是在注视并期望着孤雁穿过乌云、脱离险境。"关月",指关塞上的月亮。这一句写想象中孤雁的行程,虽非目力所及,然而"望尽似犹见",倾注了对孤雁自始至终的关心。这两句中写月冷云低,衬托着形单影只,就突出了行程的艰险、心境的凄凉;而这都是紧紧地扣着一个"孤"字。惟其孤,才感到云低的可怕;惟其只有冷月相随,才显得孤单凄凉。

诗篇最后两句,写了诗人的良好愿望和矛盾心情。是说孤雁未必会遭暗箭,但孤飞总使人易生疑惧。前面所写的怕下寒塘、惊呼失侣,都是惊魂未定的表现,直到此处才点明惊魂未定的原因。一句话,是写孤雁心有余悸,怕逢矰缴。诗直到最后一句才正面拈出"孤"字,"诗眼"至此显豁通明。诗人漂泊异乡,世路峻险,此诗以孤雁自喻,表现了他孤凄忧虑的羁旅之情。

崔涂这首《孤雁》,字字珠玑,没有一处是闲笔;而且余音袅袅,令人回味无穷,可称五言律诗中的上品。

(徐培均)

▶▶ **唐彦谦**（？—约893） 字茂业，并州晋阳（今山西太原西南）人。隐居鹿门山，自号鹿门先生。任绛州、阆州等地刺史。其诗初师法温、李，然较清浅显豁；后师杜甫，五言古诗朴素爽朗。有《鹿门诗集》。

走进唐诗

咏物

垂　柳

唐彦谦

绊惹春风别有情，世间谁敢斗轻盈？

楚王江畔无端种，饿损纤腰学不成。

赏析

　　这首诗咏垂柳，既没有精工细刻柳的枝叶外貌，也没有点染柳的色泽光彩，但体态轻盈、翩翩起舞、风姿秀出的垂柳，却栩栩如生，现于毫端。它不仅惟妙惟肖地写活了客观外物之柳，又含蓄蕴藉地寄托了诗人愤世嫉俗之情，是一首韵味很浓的咏物诗。

　　起句突兀不凡，撇开垂柳的外貌不写，径直从动态中写其性格、情韵。"绊惹"，撩逗的意思。像调皮的姑娘那样，垂柳绊惹着春风，时而鬟云欲度，时而起舞弄影，真是婀娜多姿，别具柔情。柳枝摇曳，本是春风轻拂的结果，可诗人偏要说是垂柳有意在撩逗着春风。"绊惹"二字，把垂柳写活了，真是出神入化之笔。

　　第二句把垂柳写得形态毕肖。"轻盈"，形容体态苗条。这里，垂柳暗以体态轻盈的美人赵飞燕自喻，以垂柳自夸的口气写出其纤柔飘逸之美。"谁敢斗轻盈？"问得极妙。这一问，从反面肯定了垂柳的美是无与伦比的;这一问,也显出了垂柳恃美而骄的神情。

诗人极写垂柳美,自有一番心意。后二句笔锋一转,另辟蹊径,联想到楚灵王"好细腰,宫中多饿死"的故事,巧妙地抒发了诗人托物寄兴的情怀。

五代南唐尉迟偓《中朝故事》载:唐代长安附近的曲江江畔多柳,号称"柳衙"。"楚王",指楚灵王,也暗指现实中的"王"。此二句是说,婆娑于江畔的垂柳,本是楚王无心所插,却害得嫔妃们为使腰肢也像垂柳般纤细轻盈,连饭也不敢吃,而白白饿死。诗人并不在发思古之幽情,而是有感而发。试想当时晚唐朝政腐败,大臣竞相以善于窥测皇帝意向为能,极尽逢合谄媚之能事。这种邀宠取媚的伎俩不也很像"饿损纤腰"的楚王宫女吗?诗人言在此,而意在彼,这是多么含蓄而深刻呵。

《垂柳》所讽刺的对象暗指皇帝及其为首的封建官僚集团,作者唐彦谦采取了迂回曲折、托物寄兴的手法,"用事隐僻,讽喻悠远"(明杨慎《升庵诗话》),于柔情中见犀利,于含蓄中露锋芒。

写法上,唐彦谦旨在写意,重在神似。他虽无意对垂柳进行工笔刻画,但垂柳的妩媚多姿,别有情韵,却无不写得逼似,给人以艺术美的享受。明月窗道人谓:"咏物诗不待分明说尽,只仿佛形容,便见妙处。"《垂柳》的妙处,正是这样。

(邓光礼)

▶▶ **齐己**(约860—约937)　唐末五代诗僧。本姓胡,名得生,潭州益阳(今属湖南)人。出家后长期居于道林寺,自称衡岳沙门。后徙居庐山东林寺。诗多为登临题咏、酬和赠别之作,间流露出佛教出世思想。有《白莲集》十卷。

早　梅

齐　己

万木冻欲折,孤根暖独回。

前村深雪里,昨夜一枝开。

风递幽香出,禽窥素艳来。

明年如应律,先发望春台。

赏析

　　这是一首咏物诗。诗人以清丽的语言、含蕴的笔触,刻画了梅花傲寒的品性、素艳的风韵,并以此寄托自己的意志。其状物清润素雅,抒情含蓄隽永。

　　首联即以对比的手法将梅花与"万木"相对照,描写梅花不畏严寒的秉性。"冻欲折"略带夸张。然而正是万木凋摧之甚,才更有力地反衬出梅花"孤根独暖"的性格,同时又照应了诗题"早梅"。

　　第二联诗人以山村野外一片皑皑深雪,作为孤梅独放的背景,描摹出十分奇特的景象。"一枝开"是诗的画龙点睛之笔:梅花开于百花之前,是谓"早";而这"一枝"又先于众梅,悄然"早"开,更显出此梅不同寻常。据《唐才子传》记载，齐己曾以这首诗求教于郑谷，诗的第二联原为"前村深雪里，昨夜数枝开"。郑谷读后说："'数枝'非'早'也，未若'一枝'佳。"齐己深为佩服，便将"数枝"改为"一枝"，并称郑谷为"一字师"。此联像是描绘了一幅清丽的雪中梅花图：雪掩孤村，苔枝缀玉，给人以丰富的美的感受。"昨夜"透露出诗人因突然发现这奇丽景象而产生的惊喜之情；肯定地说"昨夜"开，又暗点诗人每日关心花开否，给读者以强烈的感染力。

第三联侧重写梅花的姿色和风韵。此联对仗精致工稳。"递"字，是说梅花内蕴幽香，随风轻轻四溢；而"窥"字，是着眼梅花的素艳外貌，形象地描绘了禽鸟发现早梅时那种惊奇的情态。鸟犹如此，早梅给人们带来的诧异和惊喜就益发见于言外。

以上三联的描写，由远及近，由虚而实，写来很有层次。

末联语义双关，感慨深沉："明年如应律，先发望春台。"此联字面意不难理解。然而咏物诗多有诗人思想感情的寄托。这里"望春台"既指京城，又似有"望春"的含义。齐己早年曾热心于功名仕进，然而科举失利，不为他人所赏识，故时有怀才不遇之慨。"前村深雪里，昨夜一枝开"，正是这种心境写照。自己处于山村野外，只有"风""禽"作伴，但犹自"孤根独暖"，颇有点孤芳自赏的意味。又因其内怀"幽香"，外呈"素艳"，所以，他不甘于前村深雪"寂寞开无主"的境遇，而是满怀希望：明年(他年)应时而发，在望春台上独占鳌头。辞意充满着自信。

这首诗，语言清润平淡，毫无秾艳之气，雕琢之痕。诗人突出了早梅不畏严寒、傲然独立的个性，创造了一种高远的境界，隐匿着自己的影子，含蕴十分丰富。通观全篇，首联"孤根独暖"是"早"；颔联"一枝独开"是"早"；颈联禽鸟惊奇窥视，亦是因为梅开之"早"；末联祷祝明春先发，仍然是"早"。首尾一贯，处处扣题，很有特色。

(李敬一)

173

图书在版编目（CIP）数据

走进唐诗.咏物／上海辞书出版社文学鉴赏辞典编纂中心编.—上海：上海辞书出版社，2023
ISBN 978-7-5326-5985-2

Ⅰ.①走… Ⅱ.①上… Ⅲ.①唐诗-诗歌欣赏 Ⅳ.①I207.227.42

中国版本图书馆 CIP 数据核字（2022）第 197080 号

ZOUJIN TANGSHI · YONGWU

走进唐诗·咏物

上海辞书出版社文学鉴赏辞典编纂中心　编

责任编辑	吕荣莉
装帧设计	王轶颀
责任印制	楼微雯

出版发行	上海世纪出版集团 上海辞书出版社（www.cishu.com.cn）
地　　址	上海市闵行区号景路 159 弄 B 座（邮编 201101）
印　　刷	上海盛通时代印刷有限公司
开　　本	890 毫米×1240 毫米　1/32
印　　张	5.625
字　　数	136 000
版　　次	2023 年 1 月第 1 版　2023 年 1 月第 1 次印刷
书　　号	ISBN 978-7-5326-5985-2/I·522
定　　价	48.00 元

本书如有质量问题，请与承印厂联系。电话：021-37910000